grafit

Chemnitzer Str. 31, D-44139 Dortmund
Internet: http://www.grafit.de
E-Mail: info@grafit.de

Umschlagillustration: Peter Bucker
Druck und Bindearbeiten: Elsnerdruck GmbH, Berlin
ISBN 3-89425-262-6
1. 2. 3. 4. 5. / 2003 2002 2001

Jürgen Kehrer

Wilsberg isst vietnamesisch

Kriminalroman

grafit

Der Autor

Jürgen Kehrer wurde 1956 geboren. Er lebt und arbeitet als Schriftsteller in Münster.

Dort lässt er auch seine Figur, den Privatschnüffler Georg Wilsberg, ermitteln. Derzeit handeln dreizehn Kehrer-Krimis von dem Detektiv: *Und die Toten läßt man ruhen* (1990; vom ZDF verfilmt), *In alter Freundschaft* (1991; vom ZDF verfilmt), *Gottesgemüse* (1992), *Kein Fall für Wilsberg* (1993), *Wilsberg und die Wiedertäufer* (1994), *Schuß und Gegenschuß* (1995), *Bären und Bullen* (1996), *Das Kappenstein-Projekt* (1997; vom ZDF verfilmt), *Das Schapdetten-Virus* (1997), *Irgendwo da draußen* (1998), *Der Minister und das Mädchen* (1998), *Wilsberg und die Schloss-Vandalen* (2000) und *Wilsberg isst vietnamesisch* (2001).

Außerdem schrieb Jürgen Kehrer die Kriminalromane *Killer nach Leipzig* (1993), *Spinozas Rache* (1995) und *Vorbildliche Morde* (1999; alle Bücher bei Grafit) sowie Sachbücher über realen Mord und Totschlag in Münster vom 16. bis zum 20. Jahrhundert *(Mord in Münster*; *Schande von Münster)* und die historischen Kriminalromane *Tod im Friedenssaal, Das Geheimnis der Tulpenzwiebel, Mord im Dom* und *Der Kaufmann und die Tempelritter* (die letzten sechs Titel: Waxmann Verlag, Münster).

Georg Wilsberg ermittelt auch regelmäßig im Fernsehen: Das ZDF verfilmte bisher sechs Wilsberg-Stoffe, darunter drei Romane. Verkörpert wird der Detektiv von Leonard Lansink.

Wenn auf den Gräbern aller Ermordeten ein Lichtlein stünde, wären die Friedhöfe hell erleuchtet.

Kriminalistenweisheit

Die Einwohner von Sankt Mauritz mögen mir verzeihen, dass ihr Stadtteil so oft in diesem Roman genannt wird. Sie können sich aber damit trösten, dass alle Personen und Geschehnisse fiktiv sind. Im echten Sankt Mauritz dürfte so etwas nie passieren. Vermutlich.

I

Vor dem Bürofenster glitten riesige Schneeflocken wie Surfbretter durch die Luft. Einige retteten sich auf einen kahlen Baum, die meisten starben den schnellen Wärmetod auf der Straße. Einige Monate früher hätte ich dem Anblick vielleicht noch etwas abgewinnen können, aber Mitte April waren null Grad und Schnee einfach nicht das richtige Wetter. Immerhin passte es gut zu meiner Stimmung, denn das Detektivbüro *Wilsberg & Partner* steckte in einer Existenzkrise. Seit Wochen wartete ich auf neue Aufträge, die Umsatzentwicklung meiner kleinen Firma war mindestens so dramatisch wie der Kursverlauf der Internet-Aktien am Neuen Markt. Doch statt eine Gewinnwarnung an die Aktionäre herauszugeben, genügte mir ein Kopfschütteln auf die entsprechende Frage meines Sachbearbeiters bei der Sparkasse. Von Mal zu Mal legte er die Stirn in nachdrücklichere Falten und ich fürchtete, seine Geduld würde nicht endlos anhalten.

Rechts von mir fiel eine Serie von Schüssen, begleitet von dumpfen Kehllauten, mit denen Zombies ihr Leben aushauchten. Franka machte am Computer Jagd auf Monster, die eine Stadt in ihre Gewalt gebracht hatten. Pfützen von grünem Blut ergossen sich auf dem Bildschirm.

»Das ist ja ekelhaft«, sagte ich, womit ich nicht nur das Computerspiel meinte.

»Man gewöhnt sich dran.« Franka schoss erneut. »Es geht allein um Reaktionsschnelligkeit.«

Da es nichts zu tun gab, konnte ich auch Franka nicht beschäftigen. Sie war aus reiner Gewohnheit vorbeigekommen, um sich die Zeit zwischen zwei Seminaren am Computer zu vertreiben.

»Hör mal ...«, begann ich.

»Warum machst du nicht Werbung?«, unterbrach sie mich.

»Soll ich Handzettel auf der Ludgeristraße verteilen: *Privatdetektiv, günstig zu beauftragen*?«

Ein Zombie biss dem schießwütigen virtuellen Helden ins Bein, Franka hatte das Spiel verloren. Sie schloss das Fenster und klickte ins Hauptmenü zurück.

»Immer noch besser, als hier rumzusitzen und vor Langeweile zu sterben.«

»Das Wetter geht mir auf den Geist.«

»Natürlich, das Wetter ist an allem schuld.«

»Schnee im April ist einfach nicht normal.«

»Georg!« Franka schaute mich eindringlich an. »Wenn du nicht bald etwas unternimmst, geht das Detektivbüro den Bach runter.«

»Das weiß ich doch selbst. Ich ...«

»Was?«

»... habe mir noch Zeit bis Ende des Monats gegeben. Dann such ich mir einen anderen Job.«

»Als was?«

»Ich könnte Sigi fragen, ob sie mich wieder in ihrer *Security Check* beschäftigt. Oder als Kaufhausdetektiv arbeiten.«

»Das ist nicht dein Ernst?«

»Franka, auf meinem Konto herrscht absolute Ebbe. Und das ist noch eine sehr beschönigende Darstellung.«

Das Dingdong der Büroglocke ertönte. Es gab zwei Klingeln an der Haustür, eine fürs Büro und eine für meine Privatwohnung, die die hinteren Räume der Altbauwohnung im münsterschen Kreuzviertel einnahm. Aber es war eindeutig die Büroglocke, die sich gemeldet hatte. Wir schauten uns an.

»Ein Klient«, sagte Franka. »Willst du nicht aufmachen?«

Ich seufzte und stemmte mich aus dem Ledersessel. »Das ist bestimmt nur der Gerichtsvollzieher.«

Auf dem Weg zur Tür drehte ich mich um. »Für alle Fälle …«

»Alles klar«, sagte Franka. »Hektische, betriebsame Atmosphäre.«

Ich öffnete die Tür. Die Frau, die mir gegenüberstand, sah nicht aus wie die schöne, gewissenlose, reiche Witwe, von der wir Privatdetektive träumen. Sie trug eine schäbige Lederjacke und die Spitzen ihrer nassen, strähnigen Haare zeugten von einer lange zurückliegenden Blondfärbung. Außerdem waren die Pupillen ihrer Augen zu groß, selbst für einen verschneiten Apriltag.

Sie warf die Haare mit einer Kopfbewegung auf den Rücken. »Wilsberg?«

»Der bin ich.«

»Kann ich reinkommen?«

»Gerne.« Ich trat einen Schritt zur Seite und wies ihr den Weg ins Büro.

Franka hatte den Telefonhörer zwischen Schulter und Kinn geklemmt und machte eifrig Notizen. »Ja, ich werde es ihm sagen. Herr Wilsberg ist zurzeit sehr beschäftigt, wir haben noch einige andere Aufträge. Sicher, wie Sie wünschen.« Franka legte auf. »Herr S. aus D. wünscht einen Zwischenbericht.«

»Sobald ich dazu komme«, gab ich generös zur Antwort.

»Das ist meine Mitarbeiterin, Franka Holtgreve«, stellte ich vor, während ich der Unbekannten den Besucherstuhl zurechtrückte.

Die Frau nickte nur. Unsere kleine Büronummer schien sie nicht sonderlich zu beeindrucken.

Ich ließ mich wieder auf dem drehbaren Ledersessel nieder. »Nun, was können wir für Sie tun?«

»Machen Sie auch Jobs, bei denen es um Mord geht?«

»Nein, dafür ist die Polizei zuständig.« Ich versuchte, mir die Enttäuschung nicht anmerken zu lassen.

»Das ist es ja.« Wieder machte sie die ruckartige Kopfbewegung. »Die haben nicht das geringste Interesse, etwas zu unternehmen.«

»Ich nehme an, die Kripo hat dafür einen guten Grund.«

»Einen Scheißdreck haben die.« Ihre Hände krampften sich um die Stuhllehnen. »Entschuldigung, das regt mich tierisch auf. Meine Schwester war neunundzwanzig. Neunundzwanzig, verstehen Sie? Und da soll sie eines natürlichen Todes gestorben sein? Von heute auf morgen, ohne Krankheit, ohne jedes …« Sie atmete stoßweise.

»Sie glauben also, Ihre Schwester ist ermordet worden?«, stellte ich klar.

»Was denken Sie denn, wovon ich rede?«

»Ich habe keine Ahnung, wovon Sie reden.«

»Wollen Sie mich verarschen?«

»Nein.« Ich beugte mich vor. »Lassen Sie uns ein paar Dinge klarstellen. Wir brauchen zunächst Informationen, angefangen bei Ihrem Namen. Wir müssen wissen, was sich wann wo wie zugetragen hat. Ansonsten können wir uns diese Unterhaltung sparen.«

»Ich …« Sie holte Luft. »Okay, okay, ich fange vorne an. Sie sind der Boss.«

»Ich habe noch nicht gesagt, dass ich an dem Auftrag interessiert bin«, relativierte ich.

»Aber Sie hören mir wenigstens zu?«

Ich schaute zu Franka, die mich mit den Augen anblitzte. »Fangen Sie an!«

»Also, mein Name ist Susanne Klotz, nicht schön, aber leicht zu merken, oder?«

Ich nickte bestätigend.

»Jessica war meine kleine Schwester. Sie hieß Wiedemann, nach ihrem Ehemann, diesem Arschloch.«

»Hat der auch einen Vornamen?«

»Rainer. Rainer Wiedemann.«

Ich lächelte aufmunternd. »Wann ist Ihre Schwester ums Leben gekommen?«

»Vor fünf Tagen. Rainer hat den Arzt gerufen. Der hat auf dem Totenschein ›natürliche Todesursache‹ angekreuzt und das war's dann. Die Bullen haben sich die Leiche kurz angeguckt und sind wieder abgezogen.«

»Moment«, unterbrach ich sie. »Ich möchte einen Schritt zurückgehen: Was hat Ihre Schwester an dem Tag gemacht?«

»Sie hat gearbeitet, wie immer. Mittags ist sie nach Hause gegangen. Es war ja Freitag und da hat sie mittags Feierabend.«

»Und wann genau ist der Tod eingetreten?«

»Rainer behauptet, sie war schon tot, als er sie gefunden hat.«

»Um wie viel Uhr?«

»Irgendwann am Nachmittag. Rainer ist bei der Stadt beschäftigt, die arbeiten am Freitag ja auch nicht bis in die Puppen.«

»Am Freitagnachmittag also«, fasste ich zusammen. »Hatte Ihre Schwester Kinder?«

»Nein.«

»Sie war allein in der Wohnung?«

»Natürlich. Sonst hätte Rainer sie ja nicht umbringen können.«

»Stopp!«, sagte ich. »Bevor wir zum Mord kommen, habe ich noch ein paar Fragen.«

Susanne Klotz rieb sich unruhig die Hände. »Was ist das hier? Ein Verhör?«

»Wollen Sie, dass wir den Fall übernehmen?«

»Fragen Sie schon!«, knurrte sie. »Ich habe …«

»Bitte?«

»Nichts.«

»Was hat der Arzt als Todesgrund angegeben?«

»Herzversagen, Zusammenbruch des Herz-Kreislauf-Systems, irgendwas in der Art.«

»Hatte Ihre Schwester eine Herzschwäche oder Herzkrankheit?«

»Nicht dass ich wüsste.«

»Wer hat die Polizei verständigt?«

»Wahrscheinlich der Arzt. Die Sache war ihm wohl nicht ganz geheuer.«

»Obwohl er eine natürliche Todesursache bescheinigt hat?«

»Der hatte doch keine Ahnung, woran sie gestorben ist.«

Vermutlich war es sinnlos, sie mit den Gesetzen der Logik zu konfrontieren.

»Die Kripo ist dann gekommen und hat die Leiche und die Wohnung untersucht?«

»Woher soll ich das wissen? Ich war ja nicht dabei«, fuhr Klotz auf. »Die stecken doch alle unter einer Decke, Stadtverwaltung, Polizei. Die haben nichts unternommen, um Rainer für den Mord dranzukriegen.«

»Eine Obduktion hat demnach nicht stattgefunden?«

»Nein.«

»Sie hätten bei der Polizei oder der Staatsanwaltschaft eine Obduktion verlangen können.«

Klotz winkte ab. »Das bringt doch nichts. Die hätten mich kalt abfahren lassen.«

Ich dachte nach. »Haben Sie die Leiche gesehen?«

»Am Samstag. Da lag Jessica schon im Beerdigungsinstitut. Rainer hat mich erst mitten in der Nacht angerufen. Der hatte Schiss, ich könnte mich einmischen.«

»Haben Sie irgendwelche Verletzungen bemerkt?«

»Sie meinen Schusswunden oder so?«

Ich seufzte. »Die wären wohl auch dem Arzt oder der Kripo nicht entgangen. Nein, ich meine subtilere Spuren, einen blauen Fleck oder Ähnliches.«

»Nein.«

»Es gibt demnach keine Anzeichen, die auf einen gewaltsamen Tod hindeuten?«

»Glauben Sie, Rainer wäre so doof, sich selbst ans Messer zu liefern?«

»Das ist bei Morden normalerweise so. Deshalb liegt die Aufklärungsquote ja bei fünfundneunzig Prozent.«

Susanne Klotz schwieg.

»Wie hat er denn, Ihrer Meinung nach, Jessica umgebracht?«

»Wenn ich das wüsste, wäre ich nicht hier, oder?«

Das leuchtete ein. Ich versuchte es anders: »Gibt es einen Grund, warum Rainer seine Frau töten sollte?«

»Sicher.«

»Aha.« Ich richtete mich auf.

Sie schaute sich um. »Kann ich mal …«

»Die Toilette ist den Flur entlang, die erste Tür rechts«, sprang Franka ein.

Klotz eilte hinaus.

»Warum bist du so unfreundlich?«, zischte Franka.

»Weil an der Sache nichts dran ist«, zischte ich zurück. »Sie bildet sich den Mord nur ein.«

»Findest du es nicht merkwürdig, dass eine junge gesunde Frau so plötzlich stirbt?«

»Ja, aber es kommt vor.«

»Wir haben schon aussichtslosere Fälle übernommen«, beharrte Franka. »Wenn sie zahlt …«

»*Falls* sie zahlt, meinst du wohl. Sie sieht nicht besonders liquide aus. Und ich wette, sie setzt sich gerade auf unserer Toilette einen Schuss.«

»Wie schön, dass du keine Vorurteile hast«, höhnte Franka.

»Nein, nur ein bisschen Erfahrung.«

Wir schauten zur Tür.

»Okay«, sagte Franka nachdenklich. »Wenn wir drei

Fälle zur Auswahl hätten, würde ich dir zustimmen, dass wir diesen zurückstellen sollten. Aber wir haben keine drei Fälle zur Auswahl.«

Da hatte sie Recht.

»Hör dir wenigstens ihre Geschichte zu Ende an und sag nicht sofort nein.«

Ich stöhnte. »Oh, ich weiß schon, was jetzt kommt: Rainer hat eine Freundin und wollte seine Frau loswerden.«

Wir schauten wieder zur Tür.

»Sie braucht ziemlich lange«, sagte Franka.

Ich sparte mir den Kommentar.

Als Susanne Klotz zurückkam, war ihr Gang beschwingt und sie wirkte entspannter als zuvor. »Wo waren wir stehen geblieben?«

»Beim Mordmotiv«, erinnerte ich sie.

»Ja, genau. Jessica wollte Rainer verlassen. Das konnte er nicht ertragen.«

»Warum?«, fragte ich.

»Warum sie ihn verlassen wollte? Sie müssten den Typ kennen, ein absoluter Langweiler. Ich habe nie verstanden, wie sie sich mit dem einlassen konnte. Ein Ordnungsfetischist. Alles muss genau an seinem Platz stehen. Wehe, die Fernbedienung liegt nicht exakt zehn Zentimeter rechts neben dem Fernseher, dann flippt er aus. Sich mit Rainer zu unterhalten ist so spannend, wie einer Waschmaschine beim Waschen zuzugucken.«

»Irgendwas passt da nicht zusammen«, sagte ich. »Einerseits ist Rainer ein absoluter Langweiler, andererseits ein heißblütiger Mörder. Wie erklären Sie den Widerspruch?«

Klotz sprang auf. »Was ist das für ein Scheißdetektivbüro? Ich kann auch zu einem anderen gehen, wenn Sie mir nicht glauben.«

Ich öffnete schon den Mund, um sie in ihrer Absicht zu bestärken, als mir Franka zuvorkam: »Herr Wilsberg hat das nicht so gemeint. Wir sind an dem Auftrag interessiert.«

»So? Da habe ich aber einen anderen Eindruck.« Klotz' Stimme überschlug sich.

»Wir versuchen nur, möglichst viele Dinge im Vorfeld abzuklären«, redete Franka auf sie ein. »Je mehr wir wissen, desto zielgerichteter können wir arbeiten.«

Ich lehnte mich zurück und überließ Franka das Feld. Da sie die Entscheidung übernommen hatte, war das von nun an ihre Show.

Unsere Klientin fixierte mich mit einem vorwurfsvollen Blick. Ich lächelte zurück.

»Bitte, setzen Sie sich wieder!«, forderte Franka sie auf.

Schnaufend kam die Frau der Bitte nach.

»Eigentlich gibt es nur noch ein winziges Detail zu regeln«, fuhr Franka fort. »Für unsere Bemühungen müssen wir selbstverständlich ein Honorar berechnen. Siebenhundert Mark pro Tag, plus Spesen. Vorab brauchen wir eine Anzahlung von tausend Mark. Dafür erhalten Sie einen Bericht mit der Einschätzung, ob sich weitere Ermittlungen lohnen.«

»So viel habe ich nicht dabei.« Klotz griff in ihre Jackentasche und zog ein paar zerknäulte Zwanzigmarkscheine heraus.

Ich schaute zur Decke. Leider gab es keinen Scotty, der mich hochbeamen konnte.

»Bis wann können Sie das Geld aufbringen?«, drang Frankas Stimme an mein Ohr.

»In den nächsten Tagen, vielleicht.«

»Fünfhundert Mark bis Ende der Woche, ist das machbar?«

»Ja, mal sehen, ich krieg da noch ...«

»Gut. Dann bräuchte ich noch Ihre Adresse und die Ihres Schwagers.«

Franka notierte Straßennamen und Hausnummern.

»Prozessionsweg, ist das nicht …«

»In Sankt Mauritz«, nickte Klotz. »Der Stadtteil passt zu Rainer. In Sankt Mauritz ist es schon ein Ereignis, wenn eine Mülltonne umfällt.«

»Seit wann entscheidest du, welche Fälle wir übernehmen?«, meckerte ich los, als wir wieder unter uns waren.

»Georg …«

»Noch ist das meine Firma …«

»Georg!«

»Wenn dir das nicht passt …«

»Georg!«, brüllte Franka. »Hör mir zu!«

Ich hörte zu.

»Mir ist klar, dass die Frau nicht zahlen wird. Mir ist ebenfalls klar, dass die Aussichten, diesen Rainer zu überführen, nicht allzu gut stehen. Aber andererseits ist dieser Fall vielleicht die letzte Chance, das Detektivbüro zu retten. Und ich bin bereit, in den nächsten Tagen kostenlos dafür zu arbeiten. Falls es uns gelingt, einen Mord zu beweisen, den die Polizei nicht einmal als solchen erkannt hat, ist das die beste Werbung, die wir bekommen können. Unser Name wird in den Zeitungen stehen, jeder in Münster, der einen Privatdetektiv braucht, wird sich an uns erinnern. Sieh die Sache nicht als normalen Fall an, sondern als eine PR-Aktion.«

Mit der Farbe in ihren Haaren hatte Franka auch einen Teil ihrer liebenswert unangepassten Ansichten verloren. Sie studierte jetzt Jura und vermutlich sah sie sich in ihren Träumen als erfolgreiche Rechtsanwältin, die mich als eine Art Matulla im Dienste ihrer Mandanten auf die Straße schicken würde. Eine Vorstellung, die mir ganz und gar nicht behagte.

Franka schenkte mir ein triumphierendes Lächeln. »Was sagt du dazu?«

»In Ordnung.«

»Gut. Wenn du nichts dagegen hast, werde ich jetzt Rainer Wiedemann besuchen.«

»Nein.« Ich stand auf. »*Ich* werde mit Rainer Wiedemann reden.«

»Aber ...«

»Auf dein Angebot, kostenlos zu arbeiten, komme ich zurück. Aber vorläufig bestimme immer noch ich, wie wir unsere Fälle bearbeiten. Einverstanden?«

Franka schluckte. »Einverstanden.«

II

Sankt Mauritz lag im Osten von Münster, zwischen der Umgehungsstraße und dem Flüsschen Werse. Die Straßen trugen so putzige Namen wie Eichelhäherweg, Birkhahnweg oder Tannenhofallee. Manche Bungalowbesitzer hatten ihre schlichten Eigenheime mit korinthischen Säulen und antikisierenden Portalen verziert, und wer noch mehr Geschmack und Geld besaß, versteckte beides hinter hohen Hecken und dichtem Buschwerk. Weiter im Osten erstreckten sich Felder und Reitplätze. Dort hetzten, zumindest bei besserem Wetter, die jungen und die nicht mehr ganz so jungen Mädchen des Stadtteils ihre Pferde über bunt lackierte Hindernisse und gingen anschließend mit ihren Reitlehrern in Gaststätten, die *Zur Trippelbarre* oder *Pleistermühle* hießen.

Rainer Wiedemann wohnte auf der billigeren Seite des Prozessionsweges, in einem grauen Haus, das mehr als die in Sankt Mauritz üblichen ein bis zwei Familien beherbergte.

Ich musste ein paarmal schellen, bis eine hagere Gestalt öffnete. Wiedemanns Gesicht war eingefallen, er trug einen Dreitagebart und auch die Flecken auf seinem hellblauen Businesshemd passten nicht zu dem Bild des erfolgreichen Mörders.

»Ja?«

»Mein Name ist Willbradt. Ich komme von der Allkuranz-Versicherung.« Ich hielt ihm eine Visitenkarte unter die Nase.

Er schaute sich die Karte nicht einmal an. »Und?«

»Dürfte ich hereinkommen?«

»Ich brauche keine Versicherung.«

Ich lächelte. »Ich möchte Ihnen keine Versicherung

verkaufen. Sie haben Anspruch auf die Auszahlung eines größeren Betrages.«

Er riss die Augen auf. »Was? Wieso?«

Ich schaute zur Seite. »Sollen wir das wirklich hier draußen bereden? Ihre Frau hatte bei uns eine Police.«

»Meine Frau?«, stammelte er und wich einen Schritt zurück. Ich folgte ihm in den Wohnungsflur.

»Aber ... Meine Frau ...«

»Ihre Frau ist verstorben. Darum geht es ja. Sie hat bei uns eine Todesfallversicherung abgeschlossen.«

»Davon weiß ich ja gar nichts.« Benommen geleitete er mich ins Wohnzimmer. Auf der Polstergarnitur lagen benutzte Kleidungsstücke, auf dem staubigen Glastisch standen eine Flasche Weinbrand und ein großes, halb gefülltes Glas. Es roch säuerlich nach Schweiß.

»Entschuldigung! Ich habe nicht aufgeräumt.« Wiedemann entfernte seine Sachen von den Möbeln und warf sie hinter das Sofa.

»Das macht doch nichts.« Ich setzte mich unaufgefordert. »In Ihrer Situation ...«

Er zeigte auf die Flasche. »Möchten Sie ...«

»Nein danke, ich habe noch zu tun.«

Er schnappte sich das Glas und nahm einen tiefen Schluck.

»Dass Sie nichts von der Versicherung wissen«, begann ich, »hat Ihre Frau so beabsichtigt. Wir hören häufig den Wunsch, dass jemand seine Angehörigen absichern möchte, ohne dass diese davon erfahren. Gewöhnlich wählen alte Leute diese Möglichkeit. Wer möchte schon das Gefühl haben, dass die Kinder, Neffen oder Nichten darauf warten, dass man endlich stirbt? Für solche Fälle haben wir eine Vereinbarung mit den Behörden, die uns automatisch benachrichtigen.«

Aus Erfahrung wusste ich, dass man Leuten die abstrusesten Geschichten verkaufen konnte, wenn man sie nur glaubwürdig genug erzählte. Auch Rainer Wiedemann schien keine Zweifel zu hegen.

»Wie hoch ist denn …«

»Es handelt sich um eine sechsstellige Summe, so viel kann ich sagen.«

Er schaute mich erstaunt an. »Warum so geheimnisvoll?«

»Lediglich eine Formalität«, beruhigte ich ihn. »Ich muss Ihnen noch einige Fragen stellen.«

»Was für Fragen?«

»Wir haben unsere Bestimmungen. Im Falle eines Selbstmordes beispielsweise …«

»Meine Frau hat keinen Selbstmord begangen«, entrüstete er sich. »Sie ist an einem Herzschlag gestorben. Das hat der Arzt bescheinigt. Im Übrigen habe ich der Polizei schon alle Fragen beantwortet.«

»Selbstverständlich«, nickte ich. »Es besteht kein Grund zur Sorge. Nur – das wird Sie vielleicht wundern –, Versicherungen sind in solchen Dingen pedantischer als die Polizei. Schließlich geht es ja um eine Menge Geld.«

»Sie glauben nicht, was auf dem Totenschein steht?«

»Was ich glaube oder nicht, spielt keine Rolle, Herr Wiedemann«, sagte ich kühl. »Für Sie und mich wäre es am einfachsten, Sie würden meine Fragen beantworten. Der Betrag wird nämlich erst ausgezahlt, nachdem ich meinen Bericht eingereicht habe. Und Sie wollen doch nicht, dass ich die Nachbarn und die Verwandten Ihrer Frau befrage.«

Die Drohung zeigte Wirkung. Er kippte den Rest Weinbrand, der sich im Glas befunden hatte. »Also gut. Fangen Sie an!«

Ich holte ein Notizbuch und einen Stift aus der Tasche. »Wie war das an dem Tag, als Ihre Frau gestorben ist?«

»Als ich am Freitag nach Hause kam …«

»Um wie viel Uhr?«

»Um fünfzehn Uhr dreißig, etwa. Da lag Jessica hier im

Wohnzimmer ...«, seine Augen wanderten zu einer Stelle hinter dem Glastisch, »... auf dem Boden.« Er schluckte. »Ich sah sofort, dass sie tot war. Verstehen Sie? Ein Mensch, der tot ist, sieht einfach anders aus als jemand, der nur das Bewusstsein verloren hat. Ich habe ihren Puls gefühlt. Da war nichts. Und ihre Haut war schon ganz kalt.«

»Was haben Sie dann gemacht?«

»Ich habe den Arzt, unseren Hausarzt, angerufen. Doktor Thalheim. Er war noch in der Praxis und ist sofort gekommen. Er konnte natürlich nichts mehr machen. Sie war ja längst tot.«

»Wer hat die Polizei verständigt?«

»Ich. Direkt nachdem ich mit Doktor Thalheim telefoniert hatte.«

»Sie?«, fragte ich erstaunt.

»Ja, ich dachte, es könnte ... Jessica war ja erst ...«, er wischte sich über die Augen.

»Sehr vernünftig«, lobte ich. »Wie lange hat es gedauert, bis die Polizei da war?«

»Lange. So kam es mir jedenfalls vor. Eine halbe, Dreiviertelstunde vielleicht.«

»Haben Sie sich die Namen der Beamten gemerkt?«

Er überlegte. »Ich war ja wie vor den Kopf geschlagen. Der eine hieß Werner, Kommissar Werner, glaube ich. Den Namen des anderen habe ich vergessen.«

Ich nickte. »Was haben die Beamten untersucht?«

»Nichts.«

Ich schaute ihn an. »Nichts?«

»Nein. Gar nichts. Sie haben sich mit Doktor Thalheim unterhalten, das war alles.«

»Vorhin haben Sie aber gesagt, Sie hätten der Polizei Fragen beantwortet.«

»Ja, Fragen zur Person, meiner und Jessicas. Wann ich sie gefunden habe und so weiter.«

Ich blätterte in meinem Notizbuch. »Auf dem Totenschein wurde als Todesursache Herzversagen angegeben. Hatte Ihre Frau eine Herzschwäche oder Herzkrankheit?«

»Muss ja wohl.«

»Weil sie gestorben ist?«

»Ja. Sie hat mir nichts davon gesagt. Wahrscheinlich hat sie sich auch nicht untersuchen lassen.«

»Aha. Warum haben Sie nicht darauf gedrungen, dass eine Obduktion durchgeführt wird?«

»Wozu denn? Das hätten doch die Polizisten und Doktor Thalheim entscheiden müssen.«

»Und Sie finden es völlig normal, dass Ihre Frau von heute auf morgen stirbt?«

»Worauf wollen Sie hinaus?«, fragte er misstrauisch.

»Dass es für den Tod eines Menschen verschiedene Gründe geben kann. Wenn jemand die Überdosis eines Medikamentes einnimmt, beispielsweise, sieht das gewöhnlich auch wie ein friedlicher Tod aus.«

»Aber der Arzt ...«

»Auch ein Arzt kann sich irren, oder?«

»Hören Sie doch auf!«, heulte er auf. »Jessica hat nie von Selbstmord geredet. Müssen Sie das alles fragen? Ich bin ... Ihr Tod hat mich total aus den Schuhen gehauen. Ich bin völlig fertig. Und jetzt kommen Sie und erzählen etwas von Selbstmord. Das ist nicht fair!«

»Der Tod eines Menschen ist selten fair. Ich habe mit der Schwester der Verstorbenen gesprochen, Susanne Klotz.«

Sein Unterkiefer klappte nach unten. »Diese Hexe. Jetzt verstehe ich.«

»Was denn?«

Er griff nach der Flasche und füllte sein Glas. »Susanne kann mich nicht leiden. Sie ist drogensüchtig, seit mindestens zehn Jahren. Sie kam oft hierher und hat um Geld gebettelt. Bis ich sie hinausgeworfen habe. Danach hat sie

Jessica aufgelauert, wenn ich nicht da war. Jessica hatte Mitleid mit ihr, sie hat ihrer Schwester Geld zugesteckt, obwohl ich es ihr verboten habe.«

»Frau Klotz hat mir gegenüber Eheprobleme erwähnt.«

»Das ist nicht wahr!«, schrie Wiedemann. »Das ist gelogen!«

»Es stimmt also nicht, dass Ihre Frau Sie verlassen wollte?«

»Nein. Kein Wort.«

»Frau Klotz denkt noch einen Schritt weiter«, sagte ich ruhig. »Sie hält es für möglich, dass Sie Ihre Frau ermordet haben.«

Wiedemanns Hand, die das gefüllte Schnapsglas zum Mund führte, zitterte so stark, dass sie die Hälfte verschüttete. »Verschwinden Sie!«, sagte er tonlos.

»Sie wollen doch, dass ich einen positiven Bericht schreibe.«

»Ihr Bericht ist mir scheißegal. Verschwinden Sie aus meiner Wohnung! Sofort!«

»Gut.« Ich stand auf. »Möglicherweise habe ich noch weitere Fragen. Vielleicht in einigen Tagen, wenn Sie sich beruhigt haben.«

»Geben Sie mir Ihre Karte!« Er stand vor mir. »Ich werde mich über Sie beschweren.«

Ich gab ihm die Karte. Falls er die Nummer anrief, würde er feststellen, dass eine Allkuranz-Versicherung gar nicht existierte.

Der Schnee hatte sich in einen Dauerregen verwandelt, begleitet von einem heftigen Wind. Ich verspürte ein gewisses Hungergefühl und beschloss, einen der zerfledderten Zwanzigmarkscheine auszugeben, die Susanne Klotz hinterlassen hatte.

Auf der Mondstraße, gleich um die Ecke, gab es einen Laden, der sich *Asia Fast Food* nannte. Ich parkte am

Straßenrand und ging hinein. Der Imbiss machte seinem Namen alle Ehre, es dauerte nur zwei Minuten, bis ein Teller *Hühnchen süß-sauer* vor mir auf dem Tresen stand.

Ein bisschen plagte mich wegen Rainer Wiedemann das schlechte Gewissen. Der Mann schien mit den Nerven am Ende zu sein und vielleicht hatte ich ihn zu hart angefasst. Andererseits, da hatte seine Schwägerin nicht ganz Unrecht, gehörte er in die erste Reihe der Verdächtigen, falls Jessica tatsächlich ermordet worden war. Und die Schlampigkeit, mit der Arzt und Kripo den Tod der jungen Frau behandelt hatten, stank zum Himmel.

»Hat's geschmeckt?«, fragte die freundlich lächelnde Asiatin.

Erst jetzt fiel mir auf, dass der Teller schon leer war. »Ja, sehr gut.«

»Das freut mich. Sie sind zum ersten Mal hier, nicht wahr?«

Ich war der einzige Gast und sie schien nicht gerade im Arbeitsstress zu stecken. Ich probierte es einfach: »Ich bin zufällig hier, aus einem traurigen Anlass. Eine alte Bekannte von mir ist gestorben, Jessica Wiedemann. Sie hat im Prozessionsweg gewohnt.«

»Ich habe davon gehört. Sie war noch so jung.«

Ich nickte düster.

»Sie war manchmal hier«, sagte die Asiatin. »Sie hat immer zwei Portionen mitgenommen. Wirklich traurig.«

»Es gibt Gerüchte«, raunte ich und schaute mich demonstrativ um. »Aber bitte, erzählen Sie es nicht weiter!«

Ihre großen Mandelaugen lechzten nach Klatsch.

»Sie soll Selbstmord begangen haben.«

»Nein, das glaube ich nicht.«

»Ich habe es auch nicht geglaubt, aber jemand, der ihr sehr nahe stand, hat es mir gesagt.«

»Sie war so fröhlich in letzter Zeit, als ob …«

»Ja?«

»... sie verliebt gewesen wäre.« Sie beugte sich über den Tresen. »Nicht in ihren Ehemann, verstehen Sie. Ich denke, da war ein anderer Mann im Spiel.«

»Sind Sie sicher? Haben Sie ihn gesehen?«

»Nein. Nur ein Gefühl. Weibliche Intuition, wenn Sie so wollen.«

Ich rutschte vom Hocker. »Ich komme bestimmt wieder. Es war nett mit Ihnen zu plaudern. Und wenn Sie etwas über den anderen Mann hören ...«

Sie zog fragend die Augenbrauen hoch.

Ich gab ihr meine Visitenkarte, die richtige.

»Sie sind Privatdetektiv«, stellte die Asiatin überrascht fest. »Sie haben mich reingelegt.«

»Nein, nicht wirklich«, widersprach ich. »Ich arbeite für jemanden, der glaubt, dass Jessica etwas zugestoßen ist.«

»Ein Verbrechen?«

»Möglicherweise. Und das, was Sie gesagt haben, ist ein wichtiger Hinweis. Sie helfen also nicht nur mir, sondern auch der Gerechtigkeit.«

Sie durchschaute meine Schmeichelei. »Wenn das so ist, helfe ich natürlich gern«, bemerkte sie spöttisch.

Wir lächelten uns an.

»Sind Sie in Deutschland geboren?«, fragte ich aus reiner Neugier. »Sie sprechen perfekt Deutsch.«

»Nein, ich bin im Alter von fünf Jahren nach Deutschland gekommen. Meine Familie ist aus Saigon geflohen, bevor die Nordvietnamesen die Macht übernommen haben. Mein Vater war das, was die Kommunisten einen Kapitalisten nennen. Er besaß eine Werkstatt mit vierzig Angestellten. Ich habe in Deutschland das Abitur gemacht und studiert.« Sie lachte über meine Verblüffung. »Politikwissenschaft, leider ohne Abschluss. Dafür gehört der Laden mir. Und wenn er gut läuft, mache ich einen zweiten in der Innenstadt auf. Vietnamesen sind geschäftstüchtig.«

Davon war ich überzeugt.

»Außerdem bin ich deutsche Staatsangehörige«, erzählte sie weiter. »Trotzdem reden die meisten Deutschen mit mir in Sätzen, die nur aus Substantiven und Verben bestehen. So vergesse ich wenigstens nicht, dass ich eine gelbe Haut und Schlitzaugen habe.«

Ich gab ihr zum Abschied die Hand.

»Ich heiße Tran Thi Kim Oanh«, sagte sie. »Kim Oanh ist der Vorname.«

»Und ich heiße Wilsberg. Georg ist der Vorname.«

Durch den Regen hetzte ich zum Auto. Während ich in die Innenstadt zurückfuhr, überlegte ich die nächsten Schritte. Ich hatte die Wahl, entweder noch eine Weile herumzulaufen und Leute zu befragen – oder direkt zur Polizei zu gehen. Da von Susanne Klotz kein Honorar zu erwarten war, fiel mir die Entscheidung nicht schwer. Klaus Stürzenbecher, Chef des Dezernats für Gewaltdelikte im münsterschen Polizeipräsidium, war ein alter Bekannter von mir, fast so etwas wie ein Freund. Jede Todesfalluntersuchung landete unweigerlich auf seinem Schreibtisch. Wenn überhaupt jemand die Ermittlungen im Fall Jessica Wiedemann noch einmal aufrollen konnte, dann war er es.

III

Als Hauptkommissar und Chef der Mordkommission hatte Stürzenbecher das Anrecht auf ein eigenes Büro und ein Vorzimmer. Einer seiner Assistenten machte für mich den Türöffner, nachdem er sich zuvor erkundigt hatte, ob mein Besuch genehm sei.

Stürzenbecher hatte die Krawatte gelockert und erwartete mich mit einem Gesichtsausdruck, den man nicht unbedingt freudig nennen konnte. Er war Mitte fünfzig und zählte schon die Jahre bis zu seiner Pensionierung. Trotzdem hielt er sich körperlich fit, was vermutlich auch an der wesentlich jüngeren Frau lag, mit der er in zweiter Ehe verheiratet war.

»Wilsberg!«, sagte Stürzenbecher. »Setz dich!«

Ich setzte mich.

»Ich nehme an, das ist kein Höflichkeitsbesuch. Warum riecht es bloß immer nach Ärger, wenn du hier aufkreuzt?«

»Habe ich dir nicht bei einigen wichtigen Fällen entscheidend geholfen?«, konterte ich.

»So? Daran kann ich mich nicht erinnern.«

»Jessica Wiedemann«, kürzte ich das Vorgeplänkel ab. »Klingelt da etwas bei dir?«

»Ja«, sagte Stürzenbecher gedehnt. »Vor ein paar Tagen gestorben. Eines natürlichen Todes.«

»Ihre Schwester behauptet etwas anderes.«

»Deine Klientin?«

Ich nickte.

»Ich habe den Bericht gelesen.« Stürzenbecher betrachtete seine Hände, die auf der grünen Schreibtischunterlage ruhten. »Er war nur eine halbe Seite lang und enthielt die Schlussfolgerung, dass weitere Ermittlungen überflüssig seien.«

»Eben. Deine Leute haben nicht das Geringste überprüft.«

»Warum sollten sie, wenn der Arzt von Herzversagen ausgeht?«

»Die Frau war neunundzwanzig«, protestierte ich. »Sie kommt von der Arbeit nach Hause und fällt tot um. Findest du das normal?«

»So ist das Leben. Manchmal lang und elend und manchmal kurz und schmerzlos.«

»Es könnte sich genausogut um Selbstmord oder Mord handeln.«

»Hätte, könnte, wäre.« Der Hauptkommissar schaute mir in die Augen. »Bei jedem zweiten Todesfall ist nicht völlig auszuschließen, dass es sich um ein Gewaltdelikt handelt. Wollten wir alles restlos aufklären, bräuchten wir zehnmal so viel Personal, ganz zu schweigen von den nötigen Rechtsmedizinischen Instituten.«

»Und warum haben deine Leute nicht einmal die Leiche untersucht, warum haben sie sich nicht ihre Krankengeschichte geben lassen, warum haben sie nicht den Ehemann intensiver befragt und warum haben sie nicht – egal was der Arzt sagt – eine Obduktion verlangt, um eventuelle Zweifel zu beseitigen?«

Stürzenbecher stöhnte. »Das waren nicht meine Leute. Am Wochenende gibt es einen Bereitschaftsdienst. Da muss jeder mal ran. Und wie du dir vorstellen kannst, möchte sich niemand am Wochenende mehr Arbeit als unbedingt nötig aufhalsen.«

»Du willst damit sagen …«

»Kommissar Werner, der den Bericht geschrieben hat, ist normalerweise für Raub zuständig.«

»… dass die Kriminalbeamten, die bei den Wiedemanns waren, keine Ahnung von Mord haben?«

»Nein, das will ich damit nicht sagen«, versetzte Stürzenbecher. »Todesfalluntersuchungen gehören zur Ausbildung von Kriminalbeamten. Theoretisch weiß jeder, worauf er zu achten hat.«

»Aber praktisch haben Werner und Partner vermutlich noch nie mit einem Mord zu tun gehabt?«

»Das ist möglich.« Stürzenbecher grinste böse. »Soll ich dir einen Tipp geben? Wenn du jemanden umbringen willst, tu es von Freitagnachmittag bis Sonntagabend. Dann hast du die besten Chancen, ungeschoren davonzukommen. Vielleicht ist der Kripomann, der zum Tatort gerufen wird, ein Spezialist für Fahrraddiebstähle. Und auch die Notärzte oder Hausärzte, die die Totenscheine unterschreiben müssen, wollen sich nicht das Wochenende versauen. ›Unklare Todesursache‹ anzukreuzen bedeutet Mehrarbeit, so einfach ist das.«

Ich war fassungslos. »Das ist nicht dein Ernst?«

»Doch. Die Polizei ist eine Behörde, Wilsberg. Und wir arbeiten auch wie eine Behörde.«

»Ich dachte, wir leben in einem Rechtsstaat.«

»Gerade weil Deutschland ein Rechtsstaat ist, müssen wir mit einer Dunkelziffer leben. Mal angenommen, jemand ist alt und krank gewesen und weist keine offensichtlichen Verletzungen auf, zum Beispiel ein Messer, das ihm noch in der Brust steckt. Sollen wir da wirklich eine aufwendige Morduntersuchung starten? Denn irgendwelche Mordmotive gibt es fast immer. Vielleicht geht es um eine kleine Erbschaft, vielleicht ist der kranke alte Mensch seinen Angehörigen, die ihn pflegen und seine Nörgeleien ertragen mussten, zu sehr auf die Nerven gefallen. Auch die Mordgelegenheiten sind vielfältig: ein paar Tabletten ins Essen gemischt oder einfach zu spät den Arzt gerufen, als eine krankheitsbedingte Komplikation auftrat. Das alles ist ungeheuer schwer zu beweisen und der Nutzen für den Rechtsstaat, wenn es denn trotzdem gelänge, wäre ebenfalls fragwürdig. Also lassen wir in der Regel die Finger davon.«

»Aber Jessica Wiedemann war nicht alt und krank, sondern jung und gesund. Nicht einmal ihr Ehemann weiß etwas von einer Herzkrankheit.«

Stürzenbecher seufzte. »Was erwartest du von mir? Dass ich die Akte noch einmal öffne? Kannst du dir vorstellen, was das bedeutet? Die Kollegen, die den Fall bearbeitet haben, würden das für Kritik an ihrer Kompetenz halten. Das Gleiche gilt für den Staatsanwalt, der die Ermittlungen eingestellt hat. Ich würde mich bei allen unbeliebt machen. Außerdem habe ich nichts in der Hand, das die Aktion rechtfertigt.«

»Jessicas Schwester hat mir von Ehestreitigkeiten erzählt.«

»Warum hat sie sich nicht an uns gewandt?«

»Sie ...«, ich zögerte, »... hat ein gespanntes Verhältnis zur Polizei.«

»Vorbestraft?«

»Schon möglich.«

»Name?«

»Susanne Klotz.«

Stürzenbecher griff sich die Tastatur und gab den Namen in den Computer ein. »Bingo. Zwei Verurteilungen wegen Drogenbesitzes. Jeweils kleinere Mengen, deshalb wurden die Strafen zur Bewährung ausgesetzt. Beim nächsten Mal geht sie in den Knast, so viel steht fest. Eine tolle Zeugin.«

»Ich habe noch eine andere Zeugin. Eine Vietnamesin, die in einem Asia-Imbiss arbeitet, bei dem Jessica Kundin war. Sie sagt, Jessica habe einen Freund gehabt.«

Der Hauptkommissar runzelte die Stirn. »Hat sie die beiden zusammen gesehen? War es eindeutig eine intime Beziehung oder nur ein alter Freund, der Jessica besucht hat?«

»Nicht direkt«, wich ich aus.

»Was heißt das?«

»So wie Frauen das eben merken, dass ein anderer Mann im Spiel ist.«

Stürzenbecher lachte auf.

»Das ist klasse, Wilsberg. Ich sehe schon die Gerichtsverhandlung vor mir. Als Kronzeugin tritt eine Drogensüchtige auf, die behauptet, ihre Schwester habe einen Ehestreit gehabt. Und dann kommt eine Vietnamesin, die gefühlsmäßig davon überzeugt ist, dass Jessica einen neuen Freund gehabt hat. Glaubst du, der Staatsanwalt lässt sich auf so was ein?«

»Ich bin erst am Anfang meiner Ermittlungen«, erwiderte ich ärgerlich. »Der Dreh- und Angelpunkt ist die Frage, ob Jessica tatsächlich ermordet wurde. Und dazu brauchen wir eine Obduktion.«

»Warum bezahlt die Schwester die Sektion nicht selbst? So etwas ist ohne weiteres möglich, kostet rund tausendfünfhundert Mark, allerdings ohne spezielle Untersuchungen.«

»So viel Geld hat sie nicht.«

»Und womit bezahlt sie dich?«

»Das ist ein anderes Problem.«

Stürzenbecher schüttelte den Kopf. »Wilsberg, Wilsberg, du bist ganz schön weit unten, stimmt's?«

»Ich bin davon überzeugt, dass an der Geschichte etwas faul ist«, überging ich seine letzte Bemerkung. »Und du kannst die Sache nicht als Lappalie abtun. Eine neunundzwanzigjährige Frau stirbt nicht so einfach. Wo bleibt dein kriminalistisches Gewissen?«

Er lehnte sich zurück. »Der Ehemann hat selbst die Polizei verständigt. Warum sollte er das tun, wenn er etwas zu verbergen hat?«

»Um von sich abzulenken, natürlich.«

Der Hauptkommissar kraulte seine Tränensäcke. Mein Appell an seine Moral war nicht wirkungslos verhallt. »Falls die Leiche schon unter der Erde ist, wird's ganz schwierig. Eine Exhumierung kriege ich nur mit handfesten Beweisen durch.«

»Aber vielleicht ist sie noch nicht unter der Erde.«

»Okay«, sagte er schließlich. »Weil du es bist.«

Dann telefonierte er eine Weile herum, bis er das Beerdigungsinstitut ausfindig gemacht hatte, das den Auftrag, Jessica zu bestatten, erhalten hatte.

Als er auflegte, konnte er sich ein Grinsen nicht verkneifen. »Du hast Glück, der Ehemann wünscht eine Feuerbestattung.«

»Weil er alle Beweise vernichten will«, trumpfte ich auf.

»Noch bedeutet das gar nichts. Pass auf, ich habe eine Idee: Bei Feuerbestattungen ist eine zweite Leichenschau vorgeschrieben. Ich könnte es so einrichten, dass jemand von der Rechtsmedizin die Leichenschau übernimmt und etwas findet, sagen wir, einen merkwürdigen Punkt auf der Haut, der wie ein Einstich aussieht. Dann könnte er eine Sektion empfehlen und für die Staatsanwaltschaft läge der schwarze Peter bei der Rechtsmedizin.«

»Eine gute Idee«, lobte ich ihn.

Susanne Klotz öffnete mit einem schiefen Lächeln. Sie wohnte in einem hässlichen Kasten im Südviertel und auch die Inneneinrichtung ihrer Wohnung hätte eine Totalsanierung nötig gehabt.

»Sie sind aber schnell, Sherlock.« Sie schwebte mir voran in die Wohnküche. Wahrscheinlich hatte sie ihren Geist vorübergehend in die Erdumlaufbahn geschossen.

Da ich befürchtete, sie würde mir einen Sitzplatz anbieten, kam ich direkt auf den Punkt: »Ich habe erreicht, dass Jessicas Leiche obduziert wird. Falls sie ermordet worden ist, werden wir es in einigen Tagen wissen.«

»Meine arme kleine Schwester«, flötete Klotz. »Der böse Rainer hat sie umgebracht.«

»Vielleicht. Wie war eigentlich Ihr Verhältnis zu Jessica?«

»Du kannst du zu mir sagen. Ich heiße Susanne.«

»Ich würde lieber beim Sie bleiben. Sie sind meine Auftraggeberin, die mich für meine Dienste bezahlt, wie ich hoffe.«

»Ach ja, das Geld.« Für einen Moment wurden ihre Augen klar. Und nüchtern betrachtet war sie genauso wenig wie ich davon überzeugt, dass ich noch einen Pfennig sehen würde.

Das Telefon klingelte. Sie redete mit einem Micky über eine Stelle an der Promenade, wo ein Shorty auf sie warten würde. Gelangweilt schaute ich mich um. In allen Ecken standen Stofftiere, billiger Schmuck lag herum und das einzige Buch, das ich entdecken konnte, war auf der Mikrostereoanlage platziert. Dem Titel nach handelte das Druckwerk von dem Sexualverhalten der Sternzeichen.

Klotz legte auf. »Wo waren wir stehen geblieben?« Ihre Stimme war jetzt sachlicher, allerdings schien sie mit den Gedanken ganz woanders zu sein. Wie ich die Shortys dieser Welt kannte, verkauften sie den Stoff nur gegen Bares. Also hatte Susanne ein Problem.

»Bei der Frage, wie das Verhältnis zu Ihrer Schwester war.«

»Gut, wie denn sonst?«

»Ich kann mir vorstellen, dass Jessica mit Ihrer Drogensucht nicht einverstanden war.«

»Drogensucht – wie das klingt!«

»Wie eine beschissene Krankheit, die einen nicht alt werden lässt.«

»Darüber will ich nichts hören«, fuhr sie mich an. »Sie sind nicht mein verdammter Therapeut.«

»Gut. Dann habe ich noch eine andere Frage: Wissen Sie etwas über einen Freund von Jessica?«

Sie kicherte. »Jessica soll einen Freund gehabt haben? Dazu war sie viel zu brav.«

»Und worüber hat sie sich mit Rainer gestritten?«

»Darüber, dass sie ihn verlassen wollte.«

»Einfach so?«

»Er ist ein Langweiler. Das habe ich doch schon gesagt.«

Susanne Klotz ging zur Tür. »Ich habe noch was zu erledigen.«

»Das trifft sich gut«, sagte ich. »Ich wollte auch gerade gehen.«

Aus dem Büro kamen Stimmen. Die eine gehörte Franka, die andere einem Mann. Ich lauschte und stellte verwundert fest, dass sich ihr Gespräch um Pferde drehte.

»Das ist mein Chef, Georg Wilsberg«, strahlte Franka, nachdem ich eingetreten war.

»Sehr erfreut.« Der Mann reichte mir eine schwielige Hand. Seinem Teint und dem Händedruck nach zu urteilen, hätte er ein Bauer sein können, allerdings passten die elegante Kordjacke und das affige Seidentuch, das er um den Hals trug, nicht zum Outfit des münsterländischen Landvolks.

»Herr Schulte-Notarp ist der Besitzer eines Pferdegestüts in Rinkerode. Er züchtet Turnierpferde«, stellte Franka vor.

Das erklärte einiges.

»Springreiten«, fügte Schulte-Notarp hinzu. Trotz des Schals und der blond gefärbten Strähnen im Haar hatte er eine angenehme Stimme.

»Herr Schulte-Notarp möchte die Dienste unseres Detektivbüros in Anspruch nehmen«, fuhr Franka fort. »Zwei seiner Pferde sind ermordet worden.«

»Vermutlich ein Racheakt«, assistierte der Gestütsbesitzer.

»Sehr interessant«, murmelte ich. »Äh, Franka, könnte ich dich mal kurz unter vier Augen sprechen.«

Franka folgte mir in den Nebenraum.

»Wir können den Auftrag nicht übernehmen«, sagte ich bestimmt.

»Warum nicht?«, fragte sie erstaunt.

»Ich bin hochgradig allergisch gegen Pferde. Eine Stunde in einem Pferdestall – und ich würde sterben.«

»Wer sagt denn, dass du dahin sollst? Den Fall kann ich doch übernehmen. Ich bin früher geritten.«

Ich dachte daran, dass Franka mal Veganerin gewesen war und mir Vorträge über die Empfindungen der Tiere gehalten hatte. Ein Reiter musste in den Augen der Veganer so etwas Ähnliches wie ein Sklaventreiber sein.

»Das war vor meiner Veganer-Zeit«, sagte Franka. »Als Mädchen habe ich nicht darüber nachgedacht. Aber ich weiß noch, wie man reitet und mit Pferden umgeht. Ich würde sowieso viel weniger auffallen als du.«

»Nein, das ist zu gefährlich. Jemand, der Pferde tötet, schreckt auch vor Menschen nicht zurück.«

»Georg!« Sie wurde energisch. »Ich bin alt genug, um für mich selbst zu entscheiden. Ich werde vorsichtig sein und kein unnötiges Risiko eingehen. Außerdem bist du ja mit dem Fall Jessica Wiedemann beschäftigt.«

»Da gibt's im Moment nichts zu tun. Die Leiche wird obduziert. Bis das Ergebnis vorliegt, müssen wir abwarten.«

»Umso besser. Dann kannst du mich aus dem Hintergrund unterstützen.«

Zwei Minuten später setzte Franka mit Schulte-Notarp einen Vertrag auf und der Gestütsbesitzer unterschrieb einen Scheck in der gewünschten Höhe. Ich stand daneben und fühlte mich irgendwie überflüssig.

IV

Zwei kalte und nasse Tage vergingen. Franka verbrachte die meiste Zeit in Rinkerode. Ludger Schulte-Notarp hatte sie als neue Pferdepflegerin eingeführt und die Arbeit machte ihr Spaß. Eine Spur zum Pferdemörder hatte sie noch nicht entdeckt, aber das war nicht weiter tragisch, denn je länger die Ermittlung dauerte, desto höher würde auch die Rechnung ausfallen, die wir dem Gestütsbesitzer stellen konnten. Ich schaute mir das Gelände einmal aus der Ferne an und saß ansonsten im Büro. Auf den restlichen Vorschuss, den Susanne Klotz abliefern sollte, wartete ich natürlich vergeblich.

Dann kam das Wochenende und ich holte meine Tochter Sarah von ihrer Mutter in Lüdinghausen ab. Sarah ging inzwischen in die zweite Klasse der Grundschule und stellte gewisse Ansprüche an die Freizeitgestaltung. Ich schlug ihr vor, einen Zeichentrickfilm im Kino anzuschauen. Sie willigte ein, allerdings nur unter der Bedingung, dass ich ihr zuvor noch eine neue Hose kaufen würde. Tatsächlich verbrachten wir geschlagene zwei Stunden in münsterschen Edelboutiquen. Meine Versuche, ihr ein billiges Modell anzudienen, schlugen hoffnungslos fehl. Sarah klärte mich auf, dass man in der Grundschule Markenkleidung tragen müsse. Ohne Markenkleidung sei man das Letzte, niemand wolle mit einem reden oder spielen. Anscheinend war der Markenterror an die Stelle anderer Unwerte getreten, die unsere Gesellschaft in oben und unten teilte. Vielleicht würde ich mit Sarah in zehn Jahren darüber diskutieren können, vorläufig blieb mir nichts anderes übrig, als einen beträchtlichen Teil der schönen Summe, die Schulte-Notarp schon abgeliefert hatte, einer aufgetakelten Verkäuferin in die

Hand zu drücken. Anschließend gingen wir dann doch noch ins Kino. Während der Vorstellung hielt Sarah die Tüte mit der Hose fest umklammert.

Am Montagvormittag rief Stürzenbecher an. »Du hattest Recht. Jessica Wiedemann ist ermordet worden.«

»Ach?«

»Sie hatte eine Menge Beruhigungsmittel im Blut. Aber daran ist sie nicht gestorben. Jemand hat ihr ein Kissen auf das Gesicht gedrückt. Deshalb waren auch keine Spuren von Gewaltanwendung zu sehen.«

»Und wie seid ihr auf das Kissen gekommen?«

»In ihrem Mund klebten ein paar Fussel. Die Fussel passten zu einem Kissen im Wohnzimmer der Wiedemanns.« Der Hauptkommissar machte eine Pause. »Ich hoffe, du willst deine Rolle nicht an die große Glocke hängen. Kommissar Werner hat schon einen Anschiss vom Chef bekommen. Der Öffentlichkeit verkaufen wir die Geschichte als Routineuntersuchung. Personelle Engpässe haben die Obduktion ein paar Tage verzögert. Aber im Grunde waren wir von vorneherein skeptisch.«

Ich dachte an den schönen Werbeeffekt, den sich Franka versprochen hatte. »Ist in Ordnung«, sagte ich. »Eine Hand wäscht die andere. Beim nächsten Mal habe ich was bei dir gut.«

»Der Fall könnte schneller eintreten, als du denkst.«

»Was soll das heißen?«

»Wir haben den Ehemann verhaftet. Für mich ist er der Hauptverdächtige.«

Ich erwähnte nicht, dass auch diese Idee von mir geklaut war. »Und? Hat er gestanden?«

»Nein. Aber er hat uns eine Visitenkarte gezeigt. Ich wusste gar nicht, dass du im Versicherungsgewerbe tätig bist.«

»Das nennt man verdeckte Ermittlung«, erklärte ich.

»Seinem Anwalt könnte dazu etwas anderes einfallen: Betrug, arglistige Täuschung, was weiß ich. Ich könnte dafür sorgen, dass die Sache unter den Tisch fällt.«

»Vielen Dank«, sagte ich ironisch.

»Nichts zu danken. Übrigens, Wiedemann möchte mit dir reden.«

»Du hast ihm also gesagt, wer ich bin?«

Der Hauptkommissar bejahte.

»Von meiner Seite besteht kein Gesprächsbedarf.«

»Kann ich mir denken.« Stürzenbecher lachte. »Ich finde den Vorschlag gar nicht schlecht. Wiedemann ist verstockt, er bleibt dabei, dass Jessica schon tot war, als er nach Hause kam. Vielleicht ist er dir gegenüber offener. Das Gespräch findet in einem unserer Vernehmungszimmer statt.«

»Verstehe. Ihr hört mit.«

»Dann bis in einer Stunde«, sagte der Hauptkommissar und legte auf.

Rainer Wiedemann sah noch schlechter aus als bei unserer ersten Begegnung. Er ging gebeugt und musste seine Hose mit der Hand festhalten, da man ihm den Gürtel abgenommen hatte. Wortlos schlurfte er an mir vorbei und setzte sich an den Tisch.

Ich folgte seinem Beispiel.

Die Sekunden verrannen. Er musterte mich aus Augen, die tief in den Höhlen lagen.

»Wollten Sie nicht mit mir sprechen?«, fragte ich schließlich, weil ich das Schweigen nicht mehr ertragen konnte.

»Ja, aber nicht hier.« Er deutete zur Decke. »Hier werden wir abgehört.«

Der Mann war gar nicht so dumm.

»Ich habe meinen Anwalt beauftragt, für einen anderen Raum zu sorgen.«

Im selben Moment klopfte es an die Tür, Stürzenbecher erschien in Begleitung eines übergewichtigen Mannes in blauem Anzug. Der rote Kopf des Hauptkommissars ließ darauf schließen, dass es gerade eine kleine Auseinandersetzung gegeben hatte.

»Mein Anwalt, Doktor Kachelpöhler«, stellte Wiedemann vor.

Kachelpöhler kam mir bekannt vor, allerdings waren sein zweites und drittes Kinn ausgeprägter, als ich sie in Erinnerung hatte.

Kachelpöhler nickte mir zu. »Wir kennen uns. Wir sind uns einige Male im Gerichtssaal begegnet, Herr Kollege.«

»Kollege?«, fragte Wiedemann erstaunt.

»Ich war mal Rechtsanwalt«, gestand ich.

»Und wieso sind Sie es jetzt nicht mehr?«

»Er hat gegen das Gesetz verstoßen«, kam mir Kachelpöhler zu Hilfe. »Das wird in unserem Berufsstand nicht geduldet.«

»Falls Sie deswegen auf das Gespräch verzichten wollen, ist es mir auch recht«, wandte ich mich an Wiedemann.

»Nein, nein«, sagte er schnell. »Das spielt keine Rolle.«

Stürzenbecher brachte uns in einen kleinen Büroraum und schloss die Tür von außen. Zu dritt setzten wir uns um den leeren Schreibtisch.

Rainer Wiedemann faltete seine Hände. »Hat Susanne Sie engagiert?«

»Ich rede nicht über meine Klienten«, erwiderte ich kühl.

»Es war Susanne.«

Ich schwieg.

Er beugte sich vor. »Ich möchte, dass Sie für mich arbeiten.«

Auf alles Mögliche war ich gefasst gewesen, aber nicht darauf. »Bitte?«

»Sie haben richtig gehört. Sie sind gut. Sie haben mich hier hereingebracht, also können Sie mich auch wieder herausholen.«

»Das geht nicht.«

»Warum nicht?«

»Weil ich schon eine Klientin habe.«

Er grinste. »Also doch.«

Ich hätte mich schlagen können. »Schön. Sie wissen jetzt, dass ich für eine Frau arbeite.«

»Für Susanne. Was ich Ihnen noch nicht erzählt habe: Ich habe Susanne mal angezeigt, nachdem sie aus unserer Wohnung Geld geklaut hatte. Jessica hat mich überredet, die Anzeige wieder zurückzunehmen. Trotzdem hasst mich Susanne seitdem. Sie will mir den Mord anhängen.«

»Herr Wiedemann«, sagte ich, »niemand braucht Ihnen einen Mord anzuhängen. Die Fakten sprechen eindeutig gegen Sie. Jessica wurde mit einem Kissen aus Ihrem Wohnzimmer erstickt.«

Er nickte. »Ich weiß. Aber ich war's nicht. Ich bin unschuldig.«

»Wer war es dann?«

Er zuckte mit den Schultern. »Keine Ahnung. Deshalb möchte ich ja, dass Sie für mich arbeiten.«

»Wie gesagt ...«

»Ich könnte Ihnen jederzeit einen anderen Privatdetektiv empfehlen«, warf Kachelpöhler ein.

»Sie verstehen das nicht, Herr Kachelpöhler«, sagte Wiedemann genervt.

Der Anwalt deutete mit dem Finger auf mich. »Dieser Mann hat Sie arglistig getäuscht. Er hat sich unrechtmäßig Informationen beschafft. Ich glaube nicht, dass das eine gute Grundlage für eine Zusammenarbeit ist.«

»Ich bin Herrn Wilsberg dankbar«, wischte Wiedemann den Einwand beiseite. »Ohne ihn wäre nicht herausgekommen, dass Jessica ermordet worden ist. Das allein wiegt den kleinen Trick hundertfach auf. Ich möchte, dass Jessicas Mörder bestraft wird. Und dafür ist Wilsberg genau der Richtige, denn die Polizei glaubt ja, dass ich es war.« Er schaute mich an. »Susanne wird Sie nicht bezahlen. Sie hat kein Geld, und wenn sie welches auftreibt, gibt sie es für Heroin aus.«

Ich überlegte.

Vielleicht ergab sich ja doch noch eine Möglichkeit, mit dem Fall ein paar Mark zu verdienen. »Ich kann Ihnen nichts versprechen, Herr Wiedemann. Sollte meine Klientin den Auftrag kündigen oder ich zu der Auffassung kommen, dass sie ihre Verpflichtungen nicht erfüllen wird, werde ich mich bei Ihnen melden.«

»Lassen Sie Doktor Kachelpöhler wissen, wenn es so weit ist. Er wird dann einen Vertrag aufsetzen.«

Kachelpöhler nickte mürrisch.

»Um keine Zeit zu verlieren, könnten Sie mir schon jetzt einige Fragen beantworten«, ergriff ich die Gelegenheit. »Mein Auftrag beinhaltet nicht, in eine bestimmte Richtung zu ermitteln.«

»Fragen Sie!«

»Einspruch«, sagte Kachelpöhler. »Wir sollten Ihre Aussage zuerst intern abstimmen.«

»Ich habe nichts zu verheimlichen«, widersprach Wiedemann.

Ich machte den Test: »Wie heißt Jessicas Freund?«

Sein Gesicht wurde verschlossen. »Sie hatte keinen Freund.«

Ich stand auf. »Dann habe ich keine weiteren Fragen.«

»Warten Sie!«, sagte er hastig. »Ich hatte einen Verdacht, das stimmt. Sie war anders in letzter Zeit, so kalt und abweisend. Ich habe sie bedrängt, mir zu sagen, was mit ihr los sei. Sie sagte, es ginge nicht um einen anderen Mann, sie sei einfach ... sie würde über ihr Leben nachdenken. Unsere Ehe habe sich in einen langweiligen Trott verwandelt. Sie frage sich, ob sie mit mir wirklich alt werden wolle.«

»Offenbar hatte sie das nicht vor.«

»Nein, sie wollte ausziehen und eine eigene Wohnung nehmen. Vorläufige Trennung hat sie das genannt. Um sich neu zu orientieren. Für mich war klar, dass es danach kein Zurück geben würde.«

»Sie waren nicht damit einverstanden?«

»Nein. Ich wollte sie nicht gehen lassen.« Er schaute mich treuherzig an. »Jessica war meine große Liebe.« Er schluckte. »Vielleicht wäre alles anders gekommen, wenn wir ein Kind gehabt hätten. Ein Kind hätte uns zusammengeschweißt.«

Oder auch nicht, dachte ich. Meine eigene Ehe war ein gutes Gegenbeispiel. »Mit wem könnte Jessica über ihre Pläne geredet haben? Hatte sie eine beste Freundin?«

»Steffi Kleinschmidt«, kam die spontane Antwort. »Die beiden kannten sich seit der Schule und trafen sich mindestens einmal in der Woche.«

»Wo finde ich diese Steffi Kleinschmidt?«

»Sie wohnt in Gremmendorf, in der Nähe vom Albersloher Weg.«

Ich sagte, dass ich vorläufig keine Fragen mehr hätte, und ließ mir Kachelpöhlers Visitenkarte geben. An der Tür drehte ich mich noch einmal um. »Übrigens, Herr Wiedemann, falls Sie einen anderen Anwalt brauchen, ich könnte Ihnen jederzeit einen guten empfehlen.«

»Ausflüchte«, sagte Hauptkommissar Stürzenbecher, als wir ein paar Minuten später in seinem Büro standen. Ich hatte den Inhalt des Gespräches zusammengefasst, ohne Steffi Kleinschmidt zu erwähnen.

»Er hatte ein Motiv und die Gelegenheit. Das Motiv hat er dir gerade selbst geliefert: ›Ich wollte sie nicht gehen lassen‹, waren das nicht seine Worte? Nun, er hat sie nicht gehen lassen. Er hat sie umgebracht, bevor sie ihn verlassen konnte.«

»Ich weiß nicht«, sagte ich zweifelnd. »Auf mich wirkt er nicht wie ein Mörder.«

Stürzenbecher schnaubte. »Mörder sehen aus wie du und ich. Ich habe mir abgewöhnt, mich vom äußeren Erscheinungsbild beeindrucken zu lassen. Mörder können die nettesten Menschen der Welt sein, zumindest vor und nach der Tat.«

»Wie ist eigentlich das Beruhigungsmittel in Jessicas Blut gekommen?«, fragte ich.

Stürzenbecher schaute mich an. »Da tappen wir noch im Dunkeln. Vielleicht hat sie die Pillen selbst genommen, weil sie sich vor einer Auseinandersetzung mit Wiedemann fürchtete. Jedenfalls hatte sie genug intus, um nahezu wehrlos zu sein. Denkbar auch, dass er ihr das Zeug eingeflößt hat.«

»Was ist mit der Packung?«

»Die haben wir nicht gefunden. Wiedemann hatte ja Zeit genug, sie wegzuwerfen.«

»Und der genaue Todeszeitpunkt lässt sich nicht bestimmen, weil deine Kollegen so kläglich versagt haben.«

Der Hauptkommissar verzog das Gesicht. »Das ist nun mal nicht zu ändern. Die Nachbarn haben an jenem Nachmittag, als Jessica ermordet wurde, keine Besucher gesehen. Übrig bleibt nur der Ehemann.«

»Oder ihr Liebhaber, dem sie lästig wurde.«

»O ja, der ominöse Liebhaber.« Stürzenbecher tippte mir auf die Brust: »Hör zu, Wilsberg: Ich kann dich nicht daran hindern, weiter herumzuschnüffeln. Aber wenn du irgendetwas herausfindest und es mir verheimlichst, kriegst du Ärger.«

»Wieso? Du hast doch schon deinen Verdächtigen.«

»Was macht dich so sicher, dass ich keine anderen Spuren verfolge?«

»Erfahrung«, lachte ich. »Wenn ihr einmal jemanden in den Klauen habt, dann lasst ihr ihn nicht mehr los.«

»Da ist was dran«, stimmte Stürzenbecher zu.

Auf dem Albersloher Weg fuhr ich stadtauswärts. Die ehemals schmuddelige Gegend am Hafen hatte sich in den letzten Jahren zum In-Viertel gemausert. Eine Seite des Stadthafens nannte sich jetzt *Kreativkai*, in den ehemaligen Speichern und Lagerhäusern hatten sich Verlage, Werbeagenturen und Kneipen niedergelassen. Auch die Stadtwerke und die Halle Münsterland hatten sich neue, protzige Gebäude geleistet, und ein Cineplex mit eingebauter Disko fing die jüngeren Landeier ab, bevor sie die Innenstadt überschwemmen konnten.

Ein paar Kilometer hinter dem Dortmund-Ems-Kanal und der Umgehungsstraße lag der Stadtteil Gremmendorf. Gremmendorf sah im Grunde so ähnlich aus wie Sankt Mauritz, nur waren hier die Häuser älter, die Grundstücke größer und die Bäume an den Straßen höher.

Eigentlich hatte ich vorgehabt, die Versicherungsnummer noch einmal abzuziehen, aber als ich das Schild neben der Haustür der Kleinschmidts sah, disponierte ich blitzschnell um. Berthold Kleinschmidt war von Beruf Versicherungs- und Anlageberater. Ich schellte.

Auch mein Ersatzplan ging daneben. Statt Steffi, bei der ich auf Verständnis hoffen durfte, öffnete Berthold die Tür. Während ich ihm erzählte, dass ich Privatdetektiv sei und im Auftrag von Verwandten den Tod von Jessica Wiedemann aufzuklären beabsichtigte, tauchte hinter seinem Rücken eine große, dunkelhaarige Frau auf, die mich neugierig anschaute. Ich lächelte der Frau zu und wusste im selben Moment, dass das ein Fehler gewesen war. Berthold drehte sich um, registrierte, dass seine Frau mein Lächeln erwiderte, und sagte dann: »Wir müssen nicht mit Ihnen reden, oder?«

»Nein, ich bitte Sie lediglich darum.«

»Gut. Dann verschwinden Sie.«

Manchmal verzweifelte ich daran, dass sogar Ärzte, Rechtsanwälte und Talkmaster im sozialen Ansehen vor den Privatdetektiven lagen.

Ich trabte zu meinem Auto zurück, ließ den Motor an und fuhr einmal um den Block, nur für den Fall, dass mich Kleinschmidt vom Fenster seines Hauses aus beobachtete. Dann dachte ich nach. Natürlich konnte ich darauf warten, dass Kleinschmidt irgendwann das Haus verließ. In früheren Zeiten hatte es mir nichts ausgemacht, stunden- oder tagelang im Auto zu hocken. Doch mit dem Alter wurde ich müder und bequemer. Ich griff zum Handy und rief Franka an. Sie war im Pferdestall und nicht begeistert von meiner Idee. Allerdings verlangte ich auch keine Begeisterung.

»Wenn du ein Date mit ihm vereinbarst, sag ihm, dass du nur heute Zeit hast und dich mit ihm in der Stadt treffen willst. Halte ihn ein bisschen hin. Ich brauche etwa eine Stunde.«

Zehn Minuten später öffnete sich das Garagentor und Berthold Kleinschmidt lenkte seinen Opel Vectra auf die Straße. Geschichten vom plötzlichen Reichtum, den man hochverzinslich anlegen will, locken auch den miesesten Geier aus seinem Horst.

V

Steffi Kleinschmidt wusste nicht, was sie von mir halten sollte.

»Ich will offen zu Ihnen sein«, sagte ich. »Ich habe Ihren Mann weggelockt. Sie können mir die Tür vor der Nase zuschlagen oder mit mir über Jessica Wiedemann reden.«

»Warum …«

»Jessica ist ermordet worden.«

Sie riss ihre dezent geschminkten Augen auf. »Was?«

»Das steht seit heute fest. Jessicas Schwester war der plötzliche Herzschlag nicht geheuer, sie hat mich beauftragt und ich habe dafür gesorgt, dass Jessicas Leichnam obduziert wurde. Die Polizei hat bereits Rainer Wiedemann verhaftet.«

»Und …«

»Ich bin nicht davon überzeugt, dass er der Täter ist. Ich würde gern mehr über Jessica erfahren. Sie waren schließlich ihre beste Freundin.«

Sie schaute zur Straße.

»Ihr Mann wird erst in einer Stunde zurückkommen.«

Beinahe hätte sie gelächelt. »Kommen Sie rein!«

Sie ging voran und ich durfte ihren Hüftschwung bewundern. Das Wohnzimmer sah aus, als würde es selten benutzt. Ein angebauter Wintergarten vergrößerte den Raum, der echte Garten dahinter stand knöcheltief unter Wasser.

Steffi Kleinschmidt verschränkte nervös ihre Arme. »Möchten Sie etwas trinken? Einen Kaffee?«

»Nein danke, sehr freundlich von Ihnen.«

Sie war viel zu schön für einen Anlageberater. Aber nach meiner Meinung fragte ja niemand.

Sie setzte sich in die Sofaecke, die von meinem Sessel am weitesten entfernt war. »Das ist so überraschend. Erst Jessis Tod und dann ... Ich bin ganz durcheinander. Ich weiß gar nicht, was ich Ihnen erzählen soll.«

»Was war Jessica für ein Mensch?«

»Oh, sie war lebenslustig, sie hatte immer Pläne, sie wollte ...«

»... ihren Mann verlassen.«

»Ja. Sie hatte sich schon Wohnungen angeguckt. Ihr Traum war eine kleine Wohnung in der Innenstadt. Sie wollte noch etwas erleben, nicht in einer Umgebung wie in ...«

»Sankt Mauritz.«

Steffi Kleinschmidt nickte. »Die beiden haben früh geheiratet. Jessi war damals erst einundzwanzig. Im letzten Jahr ist ihr klar geworden, dass sich nichts mehr ändern würde. Rainer war zufrieden mit seinem Job bei der Stadt, bis zur Pension würde er ein oder zwei Gehaltsklassen aufsteigen. Einmal in der Woche ging er mit seinen Kumpel kegeln und das war's dann.«

Über Rainer wusste ich inzwischen eine ganze Menge, aber Jessicas Bild blieb unscharf. »Sagen Sie, haben Sie ein Foto von ihr?«

»Ja.« Sie ging zum Schrank und kam mit einem Fotoalbum zurück. »Im Sommer waren wir zusammen im Urlaub, an der Costa Brava.«

»Sie und Jessica?«

»Nein.« Sie lächelte verlegen. »Rainer, Jessica, Berthold und ich.«

Während sie das Album aufschlug, beugte sie sich über mich. Ich konnte ihr Parfüm riechen.

»Hier! Das ist Jessica.«

Die üblichen Urlaubsfotos, jeweils drei Menschen in unterschiedlichen Konstellationen, immer nebeneinander und in die Kamera lachend, mal in voller Bekleidung vor

Landschaftskulisse, mal in Badehose und Bikini am Strand. Jessica war fast so groß und ebenso schön wie Steffi, vorausgesetzt, man stand auf wasserstoffblond. Wenn die beiden allein auf die Piste gegangen waren, hatten sie vermutlich für ziemlich viel Aufsehen gesorgt.

»War Jessicas Freund ein Grund für die Trennung?«

Kleinschmidt zuckte zusammen. »Woher wissen Sie das?«

Ich lächelte. »Ich bin Privatdetektiv. Es ist mein Job, Dinge herauszufinden.«

Sie klappte das Album zu und setzte sich wieder aufs Sofa, diesmal mir direkt gegenüber. »Aber ... niemand weiß davon.«

»Sie wissen es und ich weiß es.«

Sie kaute auf ihrer Unterlippe. »Er ist verheiratet und hat Kinder. Seine Frau darf nichts davon erfahren.«

»Sie muss auch nichts davon erfahren. Wie heißt der Mann?«

»Versprechen Sie mir, dass Sie ihn in Ruhe lassen?«

»Es geht um Mord, Frau Kleinschmidt. Da kann ich nichts versprechen.«

Sie schüttelte den Kopf. »Nein, dann kann ich nichts sagen.«

Es fiel mir nicht leicht, ihr zu drohen, aber ich konnte auch nicht warten, bis Berthold zurückkam. »Die Alternative besteht darin, dass ich der Polizei einen Tipp gebe. Dann wird man Sie als Zeugin vorladen.«

Sie kapitulierte. »Er heißt Holger, Holger Biereichel. Er besitzt eine Kunstgalerie in der Innenstadt, die Galerie Biereichel.«

»Wie hat Jessica ihn kennen gelernt?«

»Ich hatte sie zu einer Vernissage mitgenommen. Ich schaue mir regelmäßig Ausstellungen an. Ich liebe moderne Kunst, wissen Sie.«

Meine Augen wanderten unwillkürlich zu dem neonaiven Gemälde an der Wand, das in bunten Tupfern den Prinzipalmarkt darstellte.

Kleinschmidt errötete leicht. »Berthold hält nichts von moderner Kunst. Sie sollten mein Atelier sehen. Ich male nämlich selbst. Dort hängen die Bilder, die ich mag.«

Ich hätte mir gerne von ihr das Atelier zeigen lassen. »Vielleicht ein anderes Mal.«

»Sicher. Sie sind ja wegen Jessi da.« Kleinschmidt wurde ernst. »Zwischen den beiden hat es sofort geknistert. Ich habe Jessi noch gewarnt. Biereichel ist der Typ Macho, auf den alle Frauen fliegen. Der nimmt mit, was er kriegen kann.«

»Trotz Ehe und Kindern?«

»Sobald es kompliziert wird, macht er sich dünn.«

»Wo haben sich die beiden getroffen?«

»Im Laden, glaube ich. So genau wollte ich es gar nicht wissen.«

»Wäre es möglich, dass Jessica die Sache ernster genommen hat? Hat sie Biereichel vielleicht sogar gedrängt, sich scheiden zu lassen?«

»Worauf wollen Sie hinaus?«, fragte Kleinschmidt.

»Darauf, dass Biereichel einen Grund gehabt haben könnte, Jessica umzubringen.«

»Nein.« Sie verzog den Mund. »Nicht Holger Biereichel. Der steckt den Kopf in den Sand, wenn es hart auf hart kommt. Eher wäre er zu seiner Frau gekrochen und hätte ihr alles gebeichtet.«

»Sie sagen das so bestimmt, als hätten Sie eigene Erfahrungen gemacht.«

Sie errötete stärker. »Ich kenne noch mehr Frauen, die …«

»Verstehe. Trauen Sie Rainer den Mord zu?«

»Ehrlich gesagt, ihm auch nicht. Natürlich war Rainer geschockt, als Jessi ihm eröffnete, sie würde ihn verlassen. Aber er wurde nicht laut oder gewalttätig. Er litt still vor sich hin. Einen Mord zu planen, das kann ich mir bei ihm nicht vorstellen.«

Das brachte mich nicht weiter.

»Offen gestanden wundert mich, dass gerade Susanne Sie beauftragt hat.«

Ich war so in Gedanken versunken, dass mir die Bedeutung ihrer Worte erst mit Verzögerung klar wurde. »Was sagen Sie da?«

»Wenn jemand aus Jessis Umfeld zu dem Mord fähig war, dann Susanne.«

»Wieso?«

»Geld«, sagte Steffi Kleinschmidt. »Susanne braucht immer Geld.«

»Aber sie hat doch Geld von Jessica bekommen. Warum sollte Susanne ihre Geldquelle umbringen?«

»Mal angenommen, Rainer wird wegen Mordes verurteilt. Dann wird ihm doch das Erbe entzogen, oder nicht?«

»Das stimmt«, bestätigte ich.

»Und Susanne ist Jessis einzige Schwester. Die Eltern sind bei einem Autounfall verunglückt. Also würde Susanne das Erbe zufallen.«

»Gibt es denn etwas zu erben?«

»Ja. Vor drei oder vier Monaten ist Jessis und Susannes Tante Helga Dickmöller gestorben, kinderlos. Die Tante hat sich mit Jessi ganz gut verstanden, sie wohnte auch in Sankt Mauritz. In ihrem Testament hat sie ihr gesamtes Vermögen Jessi vermacht, sie wollte nicht, dass Susanne das Geld für Drogen ausgibt. Sie können sich vorstellen, dass Susanne vor Wut getobt hat.«

»Um wie viel Geld ging es dabei?«

»Um knapp hunderttausend Mark. Helga Dickmöller hat ihr ganzes Leben lang gespart. Jessi war die Sache ein bisschen peinlich, am liebsten hätte sie mit ihrer Schwester geteilt. Andererseits wollte sie den Wunsch ihrer

Tante respektieren. Sie wusste ja selbst, dass Susanne das Geld in kürzester Zeit durchbringen würde.«

An Geld als Mordmotiv hatte ich überhaupt noch nicht gedacht.

»Jessi war sogar ...« Kleinschmidt redete nicht weiter.

»Was?«

»Na ja, Tante Helga ist ganz plötzlich gestorben. Und sie hatte in ihrer Wohnung immer Geld versteckt. Aber als Jessi die Wohnung auflöste, hat sie nichts gefunden.«

»Hat Jessica ihre Schwester verdächtigt?«

Wir hörten, wie sich ein Schlüssel im Schloss drehte. Ich schaute auf meine Uhr. Es waren gerade mal dreißig Minuten vergangen.

Steffi Kleinschmidt wurde kalkbleich und sprang auf.

»Schatz!«, rief Berthold aus dem Flur.

»Ich bin hier«, rief Steffi zurück.

Sie zog mich in den Wintergarten und öffnete die Tür zum Garten. »Gehen Sie rechts an der Garage entlang!«, flüsterte sie mir zu.

Ich machte einen Sprung und landete im Matsch. Während ich mich an die Hauswand presste, hörte ich, wie Berthold misstrauisch fragte: »Mit wem redest du da?«

Steffi antwortete: »Mit niemandem. Ich war einen Moment draußen.«

»Bei dem Wetter?«

»Ja, ich musste mal frische Luft schnappen.«

»Du holst dir noch eine Erkältung.«

Unendlich langsam, weil die Pampe an meinen Schuhen klebte und ich keine Geräusche verursachen wollte, hangelte ich mich an der Hauswand entlang. Ich spürte, wie die Nässe durch das Schuhleder drang. Hinter der Garage wartete ich noch zehn Minuten, bis ich mich auf den Weg machte. Und das alles nur, damit Steffi einen ruhigen Abend verbringen konnte.

Franka roch nach Pferd. Meine Nase kribbelte, meine Augen brannten, ich nieste.

Wir saßen in einem Jazzclub am Hafen. Der riesige Raum, durch Säulen unterteilt, war früher der Keller eines Lagerhauses gewesen. Gerade die richtige Atmosphäre für einen kalten Frühlingsabend und den Cool Jazz, den ein Trio spielte. Die Musiker gerieten kein bisschen ins Schwitzen. In ihren dunklen Anzügen, weißen Hemden und altmodischen Krawatten sahen sie aus, als wären sie einem Existenzialismus-Seminar der Fünfzigerjahre entsprungen.

»Eine Stunde, habe ich gesagt«, schniefte ich.

»Ich war nicht vorbereitet«, verteidigte sich Franka. »Ich musste improvisieren. Ich glaube, der Typ hat mir die Geschichte nicht abgekauft. Und als ich dann noch sagte, dass ich keine Ahnung von Homebanking hätte ...«

»Homebanking?«

»Jeder, der Geld hat oder etwas auf sich hält, macht heutzutage Homebanking.«

Vielleicht war das eine Möglichkeit, mir die Besuche bei der Sparkasse zu sparen. Aber ob man per Internet auch neue Kredite bekam?

»Er war ganz nervös und hat dauernd auf seine Uhr geguckt«, redete Franka weiter. »Irgendwie kam ihm die Sache wohl nicht koscher vor. Ich habe alles versucht, wirklich.«

Ich nieste erneut und presste mir das Taschentuch vor die Nase. »Warum hast du dich nicht umgezogen?«

»Georg!«, funkelte mich Franka an. »Du hast gesagt, ich soll mich sofort mit diesem Heini treffen.«

»Stimmt. Das habe ich vergessen.«

»Hat es sich wenigstens gelohnt?«

Ich brachte sie auf den neuesten Stand und erwähnte beiläufig, dass ich erwägen würde, den Klienten zu wechseln.

»Das kannst du nicht machen«, empörte sich Franka. »Die Frau hat dich engagiert. Und jetzt willst du für den mutmaßlichen Mörder arbeiten? Das ist ja so, als ob ein Rechtsanwalt seine Mandantin an den Staatsanwalt ausliefern würde.«

»Auch das soll schon vorgekommen sein.«

»Wo sind eigentlich deine Prinzipien geblieben, Georg?«

Manchmal konnte Franka ziemlich moralisch sein.

»Erstens«, sagte ich, »habe ich den Auftrag von Susanne Klotz erfüllt. Rainer Wiedemann sitzt in U-Haft. Vielleicht reicht ihr das ja. Zweitens halte ich es nicht für ausgemacht, dass Rainer der Mörder ist. Und drittens hat Susanne selbst ein Motiv für den Mord.«

»Trotzdem, ich finde das nicht fair.«

»Gut«, gab ich nach. »Ich räume ihr noch eine Chance ein. Gleich morgen früh werde ich die Klotz besuchen. Falls sie will, dass ich weiter für sie arbeite, muss sie allerdings mindestens fünfhundert Mark Vorschuss auf den Tisch legen. Sonst ist sie als Auftraggeberin für mich gestorben.«

Ich nieste erneut. Prinzipien relativierten sich sehr stark, wenn man von einer Pferdeallergie gequält wurde.

»Ich muss raus«, sagte ich. »Ich halte das nicht mehr aus.«

»Was hast du nur gegen Pferde?«

»Ich nichts, aber mein Immunsystem.«

Ich gab ihr Geld für die Getränke und stürmte nach draußen.

VI

Am Morgen fuhr ich zu Susanne Klotz, aber sie war nicht da oder wollte nicht öffnen oder hörte die Klingel nicht. Da ich schon mal unterwegs und in Arbeitsstimmung war, disponierte ich um und suchte die Galerie Biereichel.

Ich fand sie in der Innenstadt, wenn auch nicht an einer der Hauptgeschäftsstraßen, sondern in einem kleinen Nebengässchen in der Nähe des Erbdrostenhofes. Hierher verirrten sich nur die Leute mit den goldenen Kreditkarten, die unbedingt viel Geld ausgeben wollten. Zur Straßenseite hin gab es ein großes Glasfenster, hinter dem einige afrikanisch anmutende Skulpturen standen. Wohl für diejenigen unter den Kunden, die angesichts der großformatigen, grellen abstrakten Gemälde, die in den hinteren Regionen der Galerie an den Wänden hingen, der Mut verließ. So konnten sie etwas Solides für unter zehntausend Mark mit nach Hause nehmen und sich trotzdem für modern und elitär halten.

Ich betrat den Laden und erregte die Aufmerksamkeit einer Frau, die für die Moderation eines öffentlich-rechtlichen Kulturmagazins wie geschaffen schien. Sie trug ein schwarzes Kleid, schwarze Haare und eine schwarze, an den Ecken spitz zulaufende Hornbrille mit bunten Punkten. Die Frau stand von ihrem leeren Schreibtisch auf und schätzte mit einem erfahrenen Blick die für mich infrage kommende Preisklasse ein. Offenbar war ich ein Fall für die Postkartenecke, die es gar nicht gab.

Sie machte sich keine große Mühe, ihre Geringschätzung zu kaschieren. »Sie wünschen?«

»Ich möchte Holger Biereichel sprechen.«

»In welcher Angelegenheit?«

»In einer privaten.«

Ihre Mundwinkel zuckten spöttisch. Die amourösen Abenteuer ihres Chefs waren ihr wohl nicht entgangen. Vermutlich hatten schon einige aufgebrachte Ehemänner im Laden gestanden. »Herr Biereichel ist beschäftigt.«

»Das macht nichts.«

»Geben Sie mir Ihre Karte! Er wird sich mit Ihnen in Verbindung setzen.«

»Nein. Sagen Sie ihm, dass es um Jessica Wiedemann geht.«

Sie zögerte einen Moment und verschwand dann hinter einer Seitentür. Ich gab ihr dreißig Sekunden, um die schlechte Nachricht zu überbringen. Länger wollte ich nicht warten, damit Biereichel nicht auf die Idee kommen konnte, sich aus dem Staub zu machen.

Die Kunsthändlerin und ihr Chef schauten mich entgeistert an. Biereichel saß an einem Schreibtisch, der, im Gegensatz zu seinem Pendant im Verkaufsraum, tatsächlich wie ein Schreibtisch aussah, mit Bergen von Papieren, einem Computer, einer Kaffeetasse und Kaffeeflecken. Biereichels schwarzer Anzug wurde von einem weißen Hemd kontrastiert, seine grau melierten Haare waren am Hinterkopf zu einem mickrigen Zopf gebündelt.

»Was erlauben Sie sich?« Die Panik war nicht zu überhören.

Ich setzte mich ihm gegenüber. »Keine Angst. Ich bin ein friedlicher Mensch.«

»Sie dringen in mein Büro ein und …«

»Sparen Sie sich die Rede!«, unterbrach ich ihn. »Ich stelle Ihnen ein paar Fragen über Jessica Wiedemann. Falls ich die richtigen Antworten bekomme, werde ich wieder gehen.«

»Ich kenne keine Jessica Wiedemann.«

Ich lachte. »Das war die erste falsche Antwort.«

»Soll ich die Polizei rufen?«, fragte die Frau.

Ich lehnte mich zurück und grinste. »Ich glaube nicht, dass das im Sinne Ihres Chefs wäre. Die Polizei weiß nämlich noch nicht, dass er was mit Jessica hatte.«

»Ich komme schon zurecht, Frau Simon«, sagte Biereichel weinerlich.

Sie schaute abwartend von ihm zu mir, bis er quengelnd hinzufügte: »Gehen Sie endlich!«

Frau Simon zog beleidigt ab. Auf ihrem schwarzen Kleid glänzte keine einzige Schuppe. Ich beneidete Menschen, die damit keine Probleme hatten. Bei meiner trockenen Haut konnte ich es mir nicht leisten, Schwarz zu tragen.

»Wer sind Sie?«, fragte Biereichel. »Sie sind doch nicht der Ehemann, oder?«

»Mein Name ist Wilsberg. Ich bin Privatdetektiv.«

»Und? Was wollen Sie?«

»Das habe ich doch schon gesagt.«

»Wenn Sie glauben, Sie können mich erpressen, dann irren Sie sich. Ich habe keine Geheimnisse vor meiner Frau.«

»Sie erzählen ihr alles?«

Biereichel zupfte an seiner Jacke. Das Hemd spannte über dem Bauch. Der Galerist neigte zu dem für Männer über vierzig typischen Hängebauch. »Ich bin doch nicht pervers.« Er lächelte probeweise. »Aber bevor ich mich in Schwierigkeiten bringe, bin ich bereit, den Gang nach Canossa anzutreten. Mit anderen Worten, Herr Wilsberg: Bei mir ist nichts zu holen.«

»Warum denken Sie, dass ich Sie erpressen will?«

»Warum sollten Sie sonst zu mir kommen? Ich nehme an, der Ehemann hat Sie engagiert. Sie haben mich zusammen mit Jessica gesehen. Und nun versuchen Sie, Ihr Honorar bei mir aufzubessern.«

»Interessant«, bemerkte ich.

»Jessica ist nicht mein erstes Abenteuer«, fuhr Biereichel fort. »Meine Frau hat mir in der Vergangenheit verziehen und sie wird es auch diesmal tun.«

›Ist‹? Wusste er etwa nicht, was passiert war?

»Wann haben Sie Jessica zuletzt getroffen?«, fragte ich.

»Das ist schon eine Weile her.« Er überlegte. »Vor zwei Wochen etwa.«

»Nicht am Freitag vor einer Woche?«

Er dachte länger nach. »Nein. Bestimmt nicht.«

»Jessica Wiedemann wurde ermordet.«

»Was?« Falls er log, spielte er die Überraschung gekonnt. »Ich hatte keine Ahnung …«

»Lesen Sie keine Zeitung?«

»Nein, nur das Feuilleton. Ich habe mich gewundert, dass sie sich nicht meldet. Wir hatten die Vereinbarung, dass sie …«

»Jessica wollte sich von ihrem Mann trennen. Und Sie waren dafür der Grund.«

»Nein. Das sehen Sie völlig falsch.« Biereichel fuchtelte mit seinen Händen. »Es war eine Liebelei, ein amouröses Abenteuer, das war ihr von vorneherein klar. Dass sie sich von ihrem Mann trennen wollte, hatte damit nichts zu tun. Wenn überhaupt, habe ich diesen Prozess beschleunigt. Jessica hatte ihren Mann satt, anscheinend ein engstirniger Beamtentyp. Allerdings weiß ich nicht viel über ihn, ich ziehe es vor, nicht über die Männer im Hintergrund zu reden.«

»Sie lügen«, bluffte ich. »Jessica hat einer Freundin erzählt, dass sie mit Ihnen eine feste Beziehung eingehen wollte.«

»Das ist nicht wahr«, heulte Biereichel. »Gerade das war ja das Schöne mit Jessica. Wir trafen uns ohne jede Bedingung und Erwartung. Ich habe ihr in dieser Hinsicht keine Hoffnungen gemacht. Sie wusste, dass ich mich nicht scheiden lassen würde.«

»Warum eigentlich nicht?«

»Ich hänge an meinen Kindern. Außerdem steckt das Geld meiner Frau in der Galerie. Sie ist Ärztin. Ich werde sie doch nicht verlassen wegen einer ...« Er stockte. »Ich bin kein Fantast, Herr Wilsberg. Der Kunstmarkt ist ein hartes Geschäft und die Konkurrenz in Münster groß. Bei den wenigen Kunden, die moderne Kunst kaufen, sitzt das Geld nicht mehr so locker wie vor ein oder zwei Jahren. Viele haben ein Vermögen an der Börse verloren.«

»Wo waren Sie am vorletzten Freitag, zwischen Mittag und Abend?«

»Hier. In der Galerie.«

»Kann Frau Simon das bestätigen?«

»Nein. Sie hat freitags immer frei.«

Ich stand auf.

»Sie werden meinen Namen doch nicht der Polizei geben?«, bettelte Biereichel.

»Das ist das Schöne an unverbindlichen Gesprächen«, sagte ich. »Man geht keinerlei Verpflichtungen ein.«

Diesmal öffnete Susanne Klotz. Nach ihrem zerknitterten Gesicht zu urteilen, hatte ich sie aus dem Schlaf gerissen. Sie trug ein T-Shirt und einen Slip. Mir fiel auf, wie mager sie war.

»Scheiße, Sie schon wieder!«, begrüßte sie mich.

Ohne meine Antwort abzuwarten, latschte sie zum Badezimmer. »Ich mach mich nur rasch frisch.«

Was immer das heißen mochte.

Nach einer Viertelstunde erschien sie mit glänzenden Augen in der Wohnküche, in der ich inzwischen einen Sessel gereinigt und mich niedergelassen hatte. Auf ihren hervorstehenden Hüftknochen hing eine schlabbrige, verwaschene Jeans.

»Sie kommen sicher wegen der Kohle?«

»Das auch. Haben Sie das Geld da?«

»Nein. Im Moment nicht.«

»Gut. Dann erhalten Sie eine Rechnung.« Ich zog ein Formular aus der Tasche. »Ich habe Ihren Auftrag erfüllt. Die Obduktion hat ergeben, dass Ihre Schwester tatsächlich ermordet wurde.«

»Ich weiß«, sagte sie ungerührt. »So ein Bulle hat mich angerufen. Ich soll ins Präsidium kommen und eine Aussage machen.«

»Und Ihr Schwager Rainer sitzt in U-Haft. Die Polizei hält ihn für den Mörder.«

»Toll. Das haben Sie klasse hingekriegt, Sherlock.«

Ich reichte ihr das Formular und einen Kugelschreiber. »Wenn Sie das bitte unterschreiben würden! Sie bestätigen damit, dass der Auftrag erledigt und unser Vertragsverhältnis beendet ist.«

Sie unterschrieb, ohne den Text zu lesen. »Warum so förmlich?«

Ich steckte das Blatt ein, bevor sie es zerreißen konnte. »Das gibt mir die Möglichkeit, im selben Fall für einen anderen Klienten tätig zu werden.«

»Was quatschen Sie da?«

»Ich glaube nicht, dass Rainer der Mörder ist.«

»Heißt das, Sie arbeiten jetzt für Rainer?« Sie lachte heiser. »Erst bringen Sie ihn in den Knast und dann wollen Sie ihn wieder rausholen. Das nennt man wohl Arbeitsbeschaffung.«

»Wenn's der Wahrheitsfindung dient.«

Ihr Gesicht verzog sich zu einer wütenden Grimasse. »Sie sind ein mieses, charakterloses Schwein.«

»Wovor haben Sie Angst? Dass ich bei Ihnen ein Motiv für den Mord entdecken könnte?«

»Bei mir?« Ihre Augen irrten suchend durch den Raum. Zum Glück lagen keine spitzen Gegenstände herum, die sich als Mordwerkzeuge eigneten.

»Waren Sie nicht enttäuscht, als Sie nach dem Tod Ihrer Tante leer ausgingen? Dass Jessica alles bekommen hat und Sie nichts?«

»Natürlich war ich sauer«, knurrte Klotz. »Wären Sie das an meiner Stelle nicht gewesen? Tante Helga saß auf einem dicken Bankkonto, überall in ihrer Wohnung war Geld versteckt. Sie behielt es nicht für sich, nein, sie spendete jede Woche in der Kirche, für die Hungernden in Afrika oder ein neues Kirchenfenster. Wahrscheinlich dachte sie, dass sie sich damit einen Platz im Himmel erkaufen könnte. Doch wenn ich ein paar Mark von ihr haben wollte, dann hat sie mir die kalte Schulter gezeigt, die geizige, alte Schachtel.«

»So hofften Sie, wenigstens von ihrem Tod zu profitieren. Aber auch das ging schief.«

»Na und? Was hat das mit Jessicas Ermordung zu tun?«

»Sehr viel«, sagte ich. »Erzählen Sie mir nicht, dass Sie aus Liebe zu Ihrer Schwester in mein Büro gekommen sind. Sie wussten, dass Jessicas Erbe doch noch an Sie fallen würde, wenn Rainer wegen Mordes verurteilt wird. Soll ich Ihnen sagen, warum ich jetzt für Rainer arbeite? Weil es mich ärgert, dass ich Ihnen für ein paar lausige Mark den Gefallen getan habe.«

»Raus!« Sie schnappte nach einer billigen Keramikvase auf dem Tisch.

Ich beeilte mich, aus dem Raum zu kommen. Susanne Klotz zielte schlecht. Die Vase klatschte einen Meter rechts von mir an die Wand.

Vom Auto aus rief ich Kachelpöhler, den Rechtsanwalt von Rainer Wiedemann, an. Ich erzählte ihm, dass ich jetzt für seinen Mandanten arbeiten könne und er mir einen Vertrag zuschicken solle.

»Sie wissen, was ich davon halte«, sagte Kachelpöhler arrogant.

»Ja, und ich wäre froh, wenn Sie es für sich behalten würden.«

Er lachte. So ein verklemmtes Lachen, das wie Hyperventilation klang. »Schon was entdeckt, Herr Meisterdetektiv?«

»Möglich.«

»Kommen Sie! Ich muss alles erfahren, was meinem Mandanten nützt.«

»Zuerst die Knete, dann die Information.«

»Mein Gott, Wilsberg! Wie tief sind Sie gesunken?«

»Jedenfalls nicht so tief, dass Sie von hier aus wie ein Riese aussehen.«

Ich schaltete das Handy ab. Dann fuhr ich nach Sankt Mauritz. Susanne Klotz hatte mich auf eine Idee gebracht.

VII

Die Kirche von Sankt Mauritz hieß Sankt Mauritz, wie der Stadtteil, ein neoromanisches Bauwerk aus roten Backsteinen, vermutlich Mitte zwanzigstes Jahrhundert. Ich ging einmal um die Kirche herum, ohne auf eine Menschenseele zu stoßen. Etwas abseits stand ein flaches Gebäude, das ich für das Pfarrbüro hielt. Noch bevor ich meine Vermutung überprüfen konnte, öffnete sich die Tür und ein weißhaariger Mann trat auf die Treppe. Auch ohne seine schwarze Tracht und das silberne Kreuz am Revers hätte ich ihn an seinem gütigen Gesichtsausdruck als Priester erkannt.

»Sie sehen so suchend aus«, sagte er mit der weichen Stimme eines Menschen, der alle inneren Zweifel überwunden hat.

Ich zückte kurz den Ausweis, den ich mal in einem Fun-Shop erstanden hatte. »Wilsberg, Kripo Münster. Ich habe ein paar Fragen.«

»Haben wir die nicht alle?« Er kam die Treppe herunter und reichte mir die Hand. »Brockhage, ich bin der Pfarrer hier.«

»Davon bin ich ausgegangen.«

Beim Lächeln blieben seine Augen forschend. »Sie wissen, dass ich einer weitgehenden Schweigepflicht unterliege. Wenn sich Ihre Fragen auf eines meiner Gemeindemitglieder beziehen ...«

»Auf ein verstorbenes Gemeindemitglied.«

»So? Um wen geht es?«

»Helga Dickmöller.«

»Ja, Helga Dickmöller war sehr engagiert in ihrem Glauben. Sie kam regelmäßig in die Gottesdienste. Das kann man, weiß Gott, nicht von vielen sagen.«

»Und sie spendete regelmäßig.«

Seine linke Gesichtshälfte zuckte kurz. »Möglich. Das entzieht sich meiner Kenntnis.«

»Das glaube ich nicht, Herr Pfarrer.«

»Und selbst wenn ich es wüsste, ich dürfte es Ihnen nicht sagen, nicht ohne Erlaubnis des Generalvikars. Aber ich will Ihnen nicht viel Hoffnung machen, die entsprechenden Anträge der Strafverfolgungsbehörden werden in der Regel negativ beschieden.«

»Das ist bedauerlich, denn es geht um die Aufklärung eines möglichen Verbrechens. Wir wissen, dass Frau Dickmöller Geld in ihrer Wohnung versteckt hatte. Nach ihrem Tod war das Geld verschwunden. Falls sie es nicht kurz vor ihrem Ableben der Kirche gespendet hat – ich rede von einer beträchtlichen Summe, die man nicht in einen Klingelbeutel steckt –, ist es gestohlen worden.«

»So gern ich Ihnen helfen würde …«

»Sie müssen es mir ja nicht direkt sagen«, schlug ich vor. »Schauen Sie einfach zur Kirche, wenn Sie das Geld bekommen haben!«

Er schaute mich unverwandt an. »Hasst das Böse, liebt das Gute und bringt bei Gericht das Recht zur Geltung. Amos fünf.«

»Altes Testament?«

»O ja, Amos war ein Hirte, nicht so feinsinnig wie Elija oder Jeremia. Er liebte die raue, ungehobelte Sprache. Glauben Sie an Gott, Herr Kommissar?«

»Oberkommissar. Nein, ich glaube nicht an Gott.«

»Warum nicht?«

»Weil ich Gott für eine Erfindung der Menschen halte.«

»Wer hat dem Menschen den Mund gegeben und wer macht taub oder stumm, sehend oder blind? Doch wohl ich, der Herr!, sagte Gott zu Moses. Sie sehen, der Streit, wer wen erfunden hat, der Mensch Gott oder Gott den Menschen, ist schon einige tausend Jahre alt.«

»Immerhin hat Moses mit Gott darüber diskutiert.«

»Sie sollten nicht spotten«, wies mich Brockhage zurecht. »Was wären Sie ohne Gott?«

»Wie meinen Sie das?«

»Seine Gebote ›Du sollst nicht morden‹ und ›Du sollst nicht stehlen‹ sind ja wohl die Grundlage Ihres Berufes.«

»Stimmt«, gab ich zu. »Allerdings wäre es möglich, dass Moses bei der Formulierung nachgeholfen hat.«

»Brauchen Sie nie Hilfe?«

»Doch.« Ich nickte ihm zu. »Sie haben mir vorhin geholfen. Und dafür bin ich Ihnen dankbar.«

»Nichts zu danken. Ich habe nur aus der Bibel zitiert.«

Ich wollte schon gehen, als mir noch eine Frage einfiel: »War Frau Dickmöller vor ihrem Tod sehr krank und hinfällig?«

»Krank?«, erwiderte er erstaunt. »Sie war außerordentlich rüstig. Im Alter kommt der Tod manchmal über Nacht.«

Da Kim Oanhs *Asia Fast Food* sich nur wenige hundert Meter entfernt befand, beschloss ich, in ihrem Laden eine Mittagspause einzulegen. Sie erkannte mich sofort wieder, begrüßte mich freundlich und empfahl mir das scharfe Gemüse-Curry. Das Curry war tatsächlich sehr scharf und ich musste alle Willenskraft aufbringen, um mir nichts anmerken zu lassen. Während ich todesmutig einen Bissen nach dem anderen schluckte, erzählte ich von meinen Erfolgen. Kim Oanh war beeindruckt.

»Und das haben Sie ganz allein geschafft?«

»Ein bisschen Glück gehört dazu«, sagte ich lässig und wischte mir den Schweiß von der Stirn.

Dann erwähnte ich den Namen Helga Dickmöller. Kim Oanh zuckte mit den Achseln. Es kämen nur sehr wenige ältere Leute in ihren Imbiss. Sie glaube nicht, dass sie die Frau jemals gesehen habe.

»Es ist schon merkwürdig«, sagte sie nachdenklich, »da sterben alte Menschen in ihren Wohnungen, ohne dass jemand etwas davon merkt. So etwas wäre in Vietnam nicht möglich.«

Ich sagte ihr nicht, dass ich einen ganz anderen Verdacht hatte. Denn inzwischen hielt ich es für möglich, dass auch Tante Helga keines natürlichen Todes gestorben war.

Hauptkommissar Stürzenbecher wollte davon nichts hören. »Ist das ein neues Hobby von dir? Sollen wir alle Leichen der letzten Jahre ausgraben?«

»Diese eine würde mir vorläufig genügen.«

»Kommt überhaupt nicht infrage. Wenn Helga Dickmöller vor einigen Monaten gestorben ist, bleibt sie da, wo sie ist. Ich habe nicht vor, mich lächerlich zu machen.«

»Das hast du bei Jessica Wiedemann auch gesagt.«

»Da lagen die Dinge anders. Jessica Wiedemann war jung und gesund.«

»Schön, meine Worte aus deinem Mund zu hören«, höhnte ich.

»Na und?«, gab Stürzenbecher unbeeindruckt zurück. »Ich bin der Sache nachgegangen, oder nicht?«

»Und wenn nun zwischen den beiden Morden ein Zusammenhang besteht?«

»Welche zwei Morde?«, fragte der Hauptkommissar. »Ich weiß nur von einem Mord.«

»Du lässt mich ja auch nicht zu Wort kommen.«

»Gut.« Er schaute auf seine Armbanduhr. »Erklär's mir! Aber bitte kurz.«

»Tante Helga war relativ vermögend. Sie hatte knapp hunderttausend auf der Bank und in ihrer Wohnung Bargeld versteckt. Nach ihrem Tod war das Bargeld verschwunden.«

»Wer sagt das?«

»Jessica, die die Wohnung aufgelöst hat, hat es jemandem erzählt.«

»Wem?«

»Berufsgeheimnis.«

»Weiter!«, knurrte Stürzenbecher.

»Der Mörder oder die Mörderin könnte die Wohnung durchsucht und das Geld gestohlen haben.«

»Ja, natürlich. Und wer ist der große Unbekannte?«

Ich ignorierte die Frage. »Punkt zwei: Tante Helga vererbt ihr gesamtes Bankvermögen ihrer Lieblingsnichte Jessica, die andere Nichte, Susanne Klotz, geht leer aus. Helga Dickmöller wusste nämlich von Susannes Drogensucht. Dann stirbt auch Jessica, und ihr Ehemann Rainer wird des Mordes verdächtigt. Sobald Rainer rechtskräftig verurteilt ist, fällt Jessicas Erbschaft an Susanne.«

»Jetzt verstehe ich«, sagte Stürzenbecher. »Susanne Klotz erledigt zuerst ihre Tante und dann ihre Schwester. Aber es wäre doch dumm von Susanne, einen Privatdetektiv zu engagieren, wenn sie selbst die Täterin ist.«

»Sie musste ja dafür sorgen, dass der Mord überhaupt entdeckt wurde. Auf die Polizei konnte sie sich nicht verlassen.«

»Schon gut«, wehrte Stürzenbecher ab. »Das haben wir ausreichend erörtert.«

»Und ihr Plan ist aufgegangen«, setzte ich nach. »Rainer sitzt in U-Haft.«

Der Hauptkommissar wanderte in seinem Büro auf und ab. »Für wen arbeitest du eigentlich?«

»Nicht mehr für Susanne.«

»Das habe ich mir fast gedacht. Weißt du, was an deiner Geschichte nicht stimmt? Sie ist zu kompliziert, zumal für eine Drogensüchtige. Junkies pflegen gewöhnlich nicht über den nächsten Tag hinauszudenken.«

»Ersatzweise könnte ich dir noch einen anderen Verdächtigen anbieten: Holger Biereichel, Besitzer der Kunstgalerie Biereichel und scheidungsunwilliger Liebhaber von Jessica Wiedemann.«

Stürzenbecher blieb vor mir stehen. »Woher hast du das?«

»Ich habe meiner Zeugin versprochen, sie zu schützen.«

»Jetzt reicht's aber!«, fauchte er. »Entweder du legst deine Quellen offen oder ich kriege dich wegen Verschleierung und Behinderung dran.«

»Das könnte mich dazu bringen, doch noch zu einer Zeitung zu gehen und zu erzählen, wie der Mord an Jessica entdeckt wurde«, schlug ich zurück.

Wir starrten uns an. Patt.

»Ich werde mir Biereichel und Susanne Klotz vorknöpfen«, lenkte Stürzenbecher ein. »Das ist alles, was ich vorläufig tun kann. An eine Exhumierung der Tante ist nicht zu denken. Dazu brauche ich einen dringenden Tatverdacht. Und, Wilsberg ...«

»Ja?«

»Damit ist dein Konto an Gefälligkeiten erschöpft.«

»Noch nicht ganz.«

»Was willst du denn noch?«

»Wer hat den Totenschein von Helga Dickmöller ausgestellt?«

Leise fluchend ging der Hauptkommissar zu seinem Schreibtisch. Nachdem er sich ein paar Minuten lang durch das elektronische Archiv geklickt hatte, wusste er die Antwort: »Der Notarzt. Als behandelnder Hausarzt wurde Doktor Thalheim hinzugezogen.«

»Derselbe Arzt wie bei Jessica.«

»Na und? Was ist daran ungewöhnlich? Jessica Wiedemann und Helga Dickmöller haben beide in Sankt Mauritz gewohnt. Doktor Thalheims Praxis befindet sich ebenfalls in Sankt Mauritz. Warum sollen sie nicht zu demselben Hausarzt gehen?«

»Was war die Todesursache?«

Er las vom Bildschirm ab: »Altersbedingtes multiples Organversagen.«

»Was alles oder nichts bedeuten kann.«

Stürzenbecher atmete geräuschvoll aus. »Willst du mit mir über die Fähigkeiten deutscher Hausärzte diskutieren?«

»Warum nicht? Wie sicher sind denn ihre Diagnosen bei Todesfällen?«

»Statistisch gesehen? So sicher wie alles andere auf der Welt. Hausärzte haben normalerweise mit Lebenden zu tun, nicht mit Toten. Sie haben keine Erfahrung im Umgang mit Toten und scheuen davor zurück, sie gründlich zu untersuchen.« Er lachte leise. »Soll ich dir mal einen Fall erzählen, mit dem ich zu tun hatte? Ein Penner wird tot unter einer Aaseebrücke gefunden. Die herbeigerufene Notärztin bescheinigt einen natürlichen Tod. Der Mann sei unter erheblichem Alkoholeinfluss gestürzt und an seinem Erbrochenen erstickt. Als der Bestatter den Penner aus seinen verdreckten Kleidern geschält hatte, zählte er sechzehn Messerstiche im Oberkörper, darunter zwei, die direkt ins Herz gingen.«

»Wie kann so etwas passieren?«, fragte ich verwundert.

»Ganz einfach. Der Penner stank nach Dreck und Alkohol. Die Ärztin empfand Widerwillen, ihn genau zu untersuchen. Außerdem trug er mehrere Pullover übereinander, so drang wenig Blut nach außen. Die wenigen Blutflecken, die zu sehen waren, ließen sich durch die Platzwunde an seinem Kopf erklären.« Stürzenbecher machte eine Pause. »Noch schlimmer ist es bei Ekelleichen.«

»Ekelleichen?«

»Na ja, Leichen, die mehrere Wochen in ihren Wohnungen liegen, bei denen der Verwesungsprozess weit fortgeschritten ist, in denen kleine Tierchen …«

»Bitte!«, unterbrach ich ihn.

»Siehst du! Du möchtest es dir nicht mal vorstellen. Ich habe schon Ärzte erlebt, die bei Ekelleichen ihre Diagnose von der Wohnungstür aus getroffen haben. Und auch wir Kripoleute haben keine große Lust, uns diesen Leichen zu nähern. Der Geruch steckt einem noch tagelang in der Nase.« Er verstummte. »Es müsste mehr Obduktionen geben.«

»Wie wahr!«, stimmte ich ihm zu.

Der Hauptkommissar schaute mich an. »So! Das war die Sprechstunde für heute. Ausnahmsweise muss ich noch arbeiten.«

»Ich würde gerne noch einmal mit Rainer Wiedemann sprechen.«

»Du bist nicht sein Anwalt, Wilsberg«, fuhr Stürzenbecher auf. »Wie komme ich dazu, dir dauernd den Beschuldigten vorzuführen?«

»Das ist der letzte Gefallen. Für heute.«

Rainer Wiedemann durchlebte die zweite Phase des Gefängniskollers. Er jammerte, dass sich alle Welt gegen ihn verschworen habe, dass er das Gefängnis nicht mehr ertragen könne, dass ihm die Decke auf den Kopf falle, dass er in der Zelle keine Luft bekomme, dass er nachts nicht schlafen könne.

»Reißen Sie sich zusammen!«, riet ich ihm. »Sie werden es überleben.«

»Sie haben ja keine Ahnung. Die wollen mich fertig machen.«

»Ich weiß. Und Sie können vor Selbstmitleid zerfließen oder dagegen kämpfen.«

Er war beleidigt. Schon ein kleiner Fortschritt.

»Wollen Sie mir helfen?«

Er nickte.

»Erzählen Sie mir, wie Jessica den Tod ihrer Tante Helga aufgenommen hat!«

Wiedemann sackte wieder in sich zusammen. »Was hat das mit mir zu tun?«

»Vielleicht mehr, als Sie denken. Also los! Versuchen Sie sich zu erinnern!«

»Helga ist Ende Januar gestorben. Ich weiß noch, dass es bei der Beerdigung eiskalt war.«

»Wie hat Jessica vom Tod ihrer Tante erfahren?«

»Eine Nachbarin hat sie angerufen, glaube ich. Doktor Thalheim war schon da. Er hat Jessica beruhigt, Helga wäre friedlich gestorben, sie habe nicht leiden müssen.«

»Hatte Jessica damit gerechnet?«

»Nein. Helga war fünfundsiebzig, die ältere Schwester von Jessicas Mutter. Sie hatte Osteoporose und die üblichen Alterswehwehchen. Aber ansonsten ging es ihr gut. Niemand konnte voraussehen, dass sie so plötzlich sterben würde.«

»Und das hat Jessica oder Sie nicht misstrauisch gemacht?«

»Nein«, sagte Wiedemann nach längerem Nachdenken. »Jessica hat Doktor Thalheim vertraut. Der hätte doch gemerkt, wenn etwas nicht gestimmt hätte.«

»Vielleicht«, sagte ich. »Stimmt es, dass Helga Dickmöller in ihrer Wohnung Geld versteckt hatte und dass es nach ihrem Tod verschwunden war?«

»Das ist richtig. Jessica hat immer versucht, Helga zu überreden, das Geld zur Bank zu bringen.«

»Um wie viel ging es dabei?«

»Um etliche tausend Mark. Nach der Beerdigung haben wir die ganze Wohnung auf den Kopf gestellt. Die anderen Wertsachen, Schmuck, Perlen, waren noch da, aber das Geld war weg.«

»Und welche Erklärung haben Sie dafür?«

Er schaute zur Seite.

»Herr Wiedemann!«, mahnte ich ihn.

»Wir haben uns darüber gestritten«, sagte er leise. »Für

mich war klar, dass das nur Susanne gewesen sein konnte.«
»Vor oder nach dem Tod von Helga?«
Es dauerte eine Weile, bis er die Tragweite meiner Frage begriffen hatte. »Woher soll ich das wissen?«

VIII

Am späten Nachmittag fuhr ich zum zweiten Mal an diesem Tag nach Sankt Mauritz. Die Praxis von Doktor Thalheim klemmte zwischen einem Supermarkt und einer Apotheke an einer Ausbuchtung der Mondstraße, die man hochtrabend als Einkaufszentrum des Viertels bezeichnen konnte. Die Sprechstunde des Allgemeinmediziners war seit einer Viertelstunde vorüber und die Praxistür verschlossen. Ich schellte und eine Arzthelferin erzählte mir, was ich bereits wusste. Ich sagte, dass ich weder Patient noch krank sei und Doktor Thalheim in einer anderen Angelegenheit sprechen wolle. Als ich den Namen Jessica Wiedemann erwähnte, zeigte sich auf dem Gesicht der Arzthelferin ein Ausdruck von Bestürzung, den ich nicht recht einordnen konnte. An den Tod von Kunden musste sie sich in ihrem Beruf doch eigentlich längst gewöhnt haben.

Nach einem kurzen, praxisinternen Telefonat erfuhr ich, dass Doktor Thalheim ausnahmsweise bereit sei, mich zu empfangen. Allerdings erst nachdem er sämtliche Patienten behandelt habe. Zum Glück saßen im Wartezimmer nur noch eine alte Frau und ein junger Mann, die auf die Segnungen der Pharmaindustrie warteten. Ich blätterte den Zeitschriftenstapel durch und entschied mich für ein Blatt, das seinen Lesern die Schicksalsschläge des europäischen Hochadels näher brachte. Nur in Arztpraxen hatte ich die Chance zu erfahren, wen Ernst August von Hannover und Monaco in diesem Monat verprügelt hatte.

Nach einer halben Stunde wurde ich aufgerufen und in das Sprechzimmer des Arztes geleitet. Doktor Thalheim war etwa Mitte dreißig, hatte drahtige Haare und das energische Goldbrillengesicht eines Mannes, der drei Darlehensverträge gleichzeitig abarbeiten muss.

»Sie wollen mit mir über Frau Wiedemann sprechen?« Auch beim Reden verschwendete er keine Zeit.

Ich gab ihm meine Karte und setzte mich. »Ja. Mein Name ist Wilsberg. Ich arbeite als Privatdetektiv für die Familie«, formulierte ich vage.

Er schaute kurz auf die Karte. »Ich kann keine Auskünfte geben. Schon gar nicht einem Privatdetektiv.«

Damit hatte ich gerechnet. »Sie haben den Totenschein von Frau Wiedemann ausgestellt, der sich als falsch erwiesen hat.«

»Ja, bedauerlicherweise.«

»Welchen Grund hatten Sie, von einem Herzversagen auszugehen?«

»Dazu kann ich nichts sagen.«

»Herr Thalheim«, sagte ich gespreizt, »Sie sind als Arzt Teil des Justizsystems. Sie tragen Verantwortung. Es kann einer Gesellschaft nicht gleichgültig sein, ob jemand ermordet wurde oder eines natürlichen Todes gestorben ist.«

»Das ist mir bewusst.«

»Und trotzdem haben Sie nicht das Geringste unternommen, Jessica Wiedemanns Tod aufzuklären. Es wäre Ihre Pflicht gewesen, eine Obduktion zu empfehlen.«

Meine Hoffnung, seinen professionellen Gleichmut anzukratzen, schlug fehl.

»Herr Wilsberg, ich habe Sie nur empfangen, weil ich Ihnen klarmachen wollte, dass jedes weitere Gespräch sinnlos ist. Tricks und Provokationen nützen Ihnen gar nichts. Sie werden von mir kein Wort über den Fall Wiedemann hören. Und nun entschuldigen Sie mich bitte! Ich habe noch einige Hausbesuche zu erledigen.«

Ich stand auf. »Stellen Sie oft Totenscheine aus?«

»Es kommt vor.«

»Und wie war das bei Helga Dickmöller?«

Für einen Moment entgleisten seine Gesichtszüge. Dann fand er seine Beherrschung wieder. »Was ist mit Helga Dickmöller?«

»Ich frage mich, ob Sie sich bei ihr auch geirrt haben. Auf Wiedersehen, Herr Thalheim.«

Die Arzthelferin, die mich hereingelassen hatte, folgte mir mit einem Schlüsselbund zum Ausgang.

»Kannten Sie Jessica Wiedemann gut?«, fragte ich leise.

Sie schaute zur geöffneten Tür des Sprechzimmers und schüttelte den Kopf.

Im Kreuzviertel kaufte ich ein Brot vom Biobäcker sowie französischen Rohmilchkäse, italienische Salami und zehn Joghurts in dem kleinen, feinen, aber teuren Feinkostladen an der Kreuzkirche. Mit Rainer Wiedemann hatte das Detektivbüro *Wilsberg & Partner* den zweiten zahlungskräftigen Klienten, es gab keinen Grund mehr, die Gebrüder Aldi noch reicher zu machen, als sie ohnehin schon waren.

Dann legte ich mich in ein heißes Ölbad. In der Badewanne kamen mir oft die besten Gedanken. Diesmal klappte es nicht. Nach einer halben Stunde stieg ich aus der Wanne, cremte mich ein, machte mir ein paar Brote und setzte mich vor den Fernseher. Die neuesten Kriege und Eisenbahnkatastrophen rauschten an mir vorbei. Danach wurde eine Bundesligamannschaft von einer spanischen Mannschaft im UEFA-Cup abgefertigt. Auch das regte mich nicht sonderlich auf, denn ich war nur halb bei der Sache. Irgendwie hatte ich das Gefühl, dass ich an diesem Tag etwas Wichtiges gehört, aber die Bedeutung nicht verstanden hatte. Ich ging noch mal alle Leute durch, mit denen ich gesprochen hatte: Holger Biereichel, Pfarrer Brockhage, Susanne Klotz, Hauptkommissar Stürzenbecher, Rainer Wiedemann, Doktor Thalheim. Ziemlich viele, ich hatte wirklich was getan für mein Geld. Allerdings fiel mir nicht ein, wonach ich suchte. Es war zum Verzweifeln.

Die Spanier schossen das 7:1. Das Telefon klingelte.

»Ich bin's«, flüsterte Franka.

»Was ist los?«

»Ich bin im Pferdestall. Ich glaube, ich habe was gefunden.«

»Und?«

»Es ist ... Ich muss Schluss machen, da kommt jemand.«

Das Gespräch wurde beendet. Ich blieb unschlüssig stehen. Frankas Flüstern gefiel mir ganz und gar nicht. Ich überlegte, ob ich die Polizei anrufen sollte. Andererseits hatte sie nichts davon gesagt, dass sie in Gefahr sei. Womöglich würde ich mit einem Polizeieinsatz ihre Tarnung auffliegen lassen. Aber einfach herumsitzen und auf den nächsten Anruf warten konnte ich auch nicht. Ich schnappte mir meine Lederjacke, rannte die Treppe hinunter und stieg ins Auto.

Während ich auf der Hammer Straße nach Süden fuhr, zuerst durch Hiltrup, dann an den ausgedehnten Waldgebieten der Davert entlang, versuchte ich noch zweimal, Franka auf ihrem Handy zu erreichen. Ohne Erfolg. Regen, Schneeregen und Hagel klatschten abwechselnd gegen die Windschutzscheibe. Beinahe hätte ich die Abzweigung nach Rinkerode verpasst. Im Blindflug raste ich durch das nachtschlafene Dorf weiter nach Westen. Langsam machte ich mir größere Sorgen um Franka. Und mit Schrecken sah ich dem Moment entgegen, in dem ich den Pferdestall betreten musste. Ohne Atemschutz würde ich dort sicher einen Allergieschock erleiden. Aber dummerweise hatten schon alle Gasmasken-Verkaufsstände geschlossen.

Das Gestüt von Ludger Schulze-Notarp lag zwischen Rinkerode und Albersloh, abseits der Straße und unweit der Werse. Auf dem Parkplatz stand einsam und verlassen Frankas Polo. Ich stieg aus und schaute mich um. Das herrschaftliche Gebäude, in dem die Schulze-Notarps wohnten, war etwa dreihundert Meter entfernt. Den Pferdezüchter um Unterstützung zu bitten würde mindestens zehn Minuten kosten. Ich verwarf den Gedanken.

Das Tor des riesigen Stalls war nicht verschlossen. Ich presste ein Papiertaschentuch vor Mund und Nase und ging hinein. Drinnen war es stockdunkel. Mithilfe der kleinen Taschenlampe, die ich aus dem Auto mitgenommen hatte, fand ich den Lichtschalter, aber er funktionierte nicht. Ich ging den breiten Gang entlang und leuchtete in die Boxen, aufmerksam beobachtet von untertassengroßen Pferdeaugen.

Dann kam, was kommen musste. Meine Augen tränten, die Nase kribbelte, die Schleimhäute schwollen an. Ich nieste wie verrückt.

Zehn Boxen weiter sah ich Franka. Sie lag auf dem Boden, neben einem Pferd, das einen ziemlich toten Eindruck machte. Ich stürzte hin und fühlte ihren Puls. Er war schwach, aber er war da. Ich brachte sie in eine stabile Seitenlage – oder was ich dafür hielt – und wählte die Notrufnummer. Dreimal musste ich mich wiederholen, bis der Mann am anderen Ende der Leitung meinen durch Niesen und asthmatisches Röcheln verzerrten Text verstanden hatte.

»Ist sie tot?«, fragte Ludger Schulze-Notarp mitfühlend. Er war durch die Sirenen und Blaulichter der Rettungswagen angelockt worden.

»Nein«, keuchte ich. »Nur bewusstlos.«

»Ich dachte, weil Sie weinen.«

»Das kommt von meiner Pferdeallergie.«

»Ach, deshalb die roten Flecken im Gesicht?«

»Ja, in ein bis zwei Tagen sehe ich wieder normal aus.«

Zwei Sanitäter schleppten Franka auf einer Trage an uns vorbei. Ich hielt den Notarzt auf. »Wie geht es ihr?«

»Kann ich noch nicht sagen. Aber ich glaube, es ist nichts Ernstes. Wahrscheinlich eine Gehirnerschütterung.«

Die Sanitäter hoben die Trage in den Rettungswagen.

»Ich komme mit«, verkündete ich. Niemand schien etwas dagegen zu haben.

Der Arzt schob Franka eine Kanüle in die Armvene und schloss eine Ampulle an. »Nur zur Unterstützung des Kreislaufs«, erklärte er.

Ich nickte. »Haben Sie vielleicht eine Calciumspritze für mich?«

Er schaute mich kurz an. »Ja, kein Problem.«

Die Calciumspritze tat ihre Wirkung. Ich fühlte mich wesentlich menschlicher. Der Rettungswagen schaukelte zur münsterschen Uni-Klinik. Frankas Augenlider zuckten, sie schien aus der Bewusstlosigkeit zu erwachen. Sie begann zu murmeln, zuerst unverständlich, dann deutlicher: »Was soll das? Lassen Sie mich in Ruhe!« Anscheinend redete sie mit dem Täter.

Ich nahm ihre Hand. »Alles in Ordnung, Franka. Du bist in Sicherheit.«

Plötzlich schlug sie ihre Augen auf. »Wo bin ich?«

»In einem Krankenwagen. Der Arzt meint, es sei halb so schlimm. Nur eine kleine Gehirnerschütterung.«

»Der Scheißtyp hat mich niedergeschlagen«, sagte sie mit schwerer Zunge.

»Sieht so aus.«

»Ich habe ihn gesehen. Er ...«

»Jetzt nicht, Franka. Du musst dich ausruhen. Dazu haben wir später Zeit.«

Ihre Hand tastete an der Hose entlang. »Ich habe ...«

»Was?«

»Die Spritze. Hat er verloren.«

»Warte!«, sagte ich und suchte im Krankenwagen nach einem Plastikbeutel. Als ich einen gefunden hatte, streifte ich ihn über die Hand, griff vorsichtig in ihre Jeanstasche und zog eine Spritze heraus.

»Vielleicht sind seine Fingerabdrücke drauf. Damit könnten wir ihn festnageln.«

Franka quälte sich ein Lächeln ab. »He, das war gute Arbeit, oder?«

»Sicher war es das«, log ich. Meine Kritik hob ich mir für später auf.

Franka schlief wieder. Die Untersuchungen hatten die Vermutung des Notarztes bestätigt: Abgesehen von einer mittelschweren Gehirnerschütterung war Franka heil davongekommen. In einigen Tagen würde sie das Krankenhaus verlassen können.

Ich fühlte mich unheimlich erleichtert, so erleichtert, dass mich sogar der mürrische Gesichtsausdruck von Kommissarin Bleicher kalt ließ, die neben mir an Frankas Bett stand. Ich hatte ihr die Spritze übergeben und sie über den Tathergang unterrichtet, soweit er mir bekannt war.

»Wie konnten Sie nur so unverantwortlich sein?«, schnauzte mich die Kommissarin an. »Ein junges Mädchen in eine solche Gefahr zu bringen ...«

»Sie ist erwachsen«, verteidigte ich mich. »Sie hat das selbst entschieden.«

»Privatdetektive!« Sie spuckte das Wort aus. »Man sollte Ihnen das Handwerk legen.«

»Wenn Sie Ihr Handwerk beherrscht hätten, wären wir gar nicht erst engagiert worden.«

»Sofort aufhören!«, sagte halblaut der junge Arzt, der gerade hereinkam. »Sie befinden sich in einem Krankenzimmer. Die Patientin braucht Ruhe. Also bitte! Streiten Sie sich draußen!«

Ich ging hinaus.

»Wir sehen uns noch«, drohte Bleicher im Weggehen.

»Ich freu mich drauf«, rief ich ihr nach.

Ich ließ ihr einen Vorsprung, dann nahm ich den Lift nach unten. Die Eingangshalle des Bettenturms war mit kalten blauen Noppen ausgelegt. Ein schöner Kontrast zu den noch kälteren grauen Wänden. Ich trat ins Freie und rauchte einen Zigarillo. Dann bestellte ich mir ein Taxi.

IX

Als ich am nächsten Morgen in die Uni-Klinik kam, war Kommissarin Bleicher schon da. Ich gab Franka, die zwar blass aussah, aber tapfer lächelte, einen Kuss auf die Wange und erkundigte mich ausgiebig nach ihrem Befinden. Abgesehen von leichten Kopfschmerzen, schien sie die Ereignisse der vergangenen Nacht einigermaßen überstanden zu haben.

»Können wir weitermachen?«, fragte Bleicher genervt.

Erst jetzt ließ ich mich dazu herab, sie zu begrüßen.

»Haben Sie die Spritze untersucht?«

»Ja.«

»Und?«

»Es waren zwei verschiedene Fingerabdrücke drauf.«

»Natürlich. Die von Franka und die vom Täter.«

»Vielen Dank für den Tipp«, giftete sie. »Ich würde jetzt gerne die Zeugin zum Tathergang befragen.«

Ich holte mir einen Stuhl und hörte zu.

Franka hatte, als sie am späten Abend durch den Stall gegangen war, ein Geräusch gehört. Offenbar hatte sie den Täter gestört, der sich irgendwo im Stall versteckt hatte.

Franka bemerkte, dass ein Pferd besonders unruhig war. Sie durchsuchte die Box und entdeckte unter einem Bündel Stroh die Spritze, die der Täter verloren hatte. Das war der Zeitpunkt, zu dem sie mich angerufen hatte. Noch während des Telefongesprächs hörte sie Schritte. Dann ging das Licht aus. Der Täter wusste, dass ihn die Spritze in Schwierigkeiten bringen konnte. Er hatte vermutlich mitbekommen, dass Franka mit jemandem telefoniert hatte, und fürchtete wohl das Eintreffen des Gutsbesitzers oder der Polizei. Also musste er die Spritze so schnell wie möglich finden und verschwinden. Allerdings ahnte er nicht, dass Franka die Spritze bereits eingesteckt hatte.

Franka versuchte zu fliehen. Dabei lief sie dem Täter direkt in die Arme. Er blendete sie mit einer Taschenlampe. Es kam zu einer kurzen Rangelei, die damit endete, dass er ihr die Taschenlampe auf den Kopf schlug.

»Können Sie den Mann beschreiben?«, fragte die Kommissarin.

»Nein. Ich war ja geblendet.«

»Wie konnten Sie dann erkennen, dass es ein Mann war?«

»An seiner Größe, seiner Kraft und seiner Stimme.«

»Er hat etwas gesagt?«

»Ja. Als ich ihn gegen das Schienbein getreten habe, hat er geflucht.«

»Trauen Sie sich zu, ihn anhand der Stimme zu identifizieren?«

»Falls er Platt spricht. Er hat nämlich auf Platt geflucht.«

Die Kommissarin schaltete ihr kleines Aufnahmegerät aus und steckte es in die Tasche. Dann nahm sie Frankas Fingerabdrücke, um sie mit denen auf der Spritze abgleichen zu können.

»Der Rest dürfte ja nicht schwierig sein«, bemerkte ich.

»Vielen Dank für Ihr Vertrauen«, sagte sie ironisch. »Sollte ich jemals davon hören, dass Sie Ihre Mitarbeiterin erneut in Gefahr gebracht haben …«

»Was ist dann?«

»Dann werde ich höchstpersönlich dafür sorgen, dass Sie Ihre Lizenz verlieren.«

»Lieben Sie es, Männer richtig fertig zu machen?«, erkundigte ich mich.

Statt einer Antwort stiefelte sie aus dem Zimmer.

Franka lachte. »Ihr mögt euch wohl nicht?«

»Das kann man so sehen.« Ich lächelte. »Und nun zu dir. Hast du einen Wunsch, den man mit Geld erfüllen kann?«

Sie zählte eine Reihe von ungesunden Dingen auf. Ich nahm an, dass der Kiosk im Erdgeschoss auf derlei Perversitäten eingestellt war, und wollte mich gerade auf den Weg machen, als Ludger Schulte-Notarp das Zimmer betrat. Der Pferdezüchter trug sein Seidenhalstuch, war frisch geföhnt und strahlte Franka an: »Bin ich froh, dass Sie schon wieder lachen können.«

»Ach ja.« Franka griff sich theatralisch an den Kopf. »Ein bisschen tut's noch weh.«

Schulte-Notarp tätschelte ihre Hand.

Als ich mit Eis, Cola und Schokolade zurückkam, hielt er noch immer ihre Hand. Die beiden schienen sich während Frankas Aufenthalt in Rinkerode näher gekommen zu sein.

Ich stellte die Sachen polternd auf dem Schränkchen neben Frankas Bett ab und Schulte-Notarp ging ein wenig auf Distanz. Franka wiederholte gerade die Geschichte, die sie der Kommissarin erzählt hatte. Diesmal klangen die Ereignisse schon wesentlich dramatischer. Als sie zu der Stelle kam, an der der Täter geflucht hatte, machte der Gestütsbesitzer ein verdutztes Gesicht.

»Was hat er genau gesagt?«

»Ich kann die Kehllaute nicht so gut«, schränkte Franka ein. »Es klang etwa so: *Chott verdorrich!*«

»Chott verdorrich!«, wiederholte Schulte-Notarp. Bei ihm hörte es sich authentischer an.

»Kennen Sie den Mann?«, fragte ich.

»Ich weiß nicht. Viele Bauern reden so.«

»Aber nicht viele Bauern haben ihre Pferde bei Ihnen stehen.«

»Das ist richtig.«

»Sie haben doch einen Verdacht, oder?«

»Es gab mal einen Bauern, Lüttge-Fahlenhorst hieß er, der hatte sich finanziell völlig übernommen und ein sehr teures Pferd gekauft, für seine unbegabte Tochter, die sich einbildete, sie könnte eine gute Springreiterin werden. Das Pferd ist in meinem Stall gestorben, an einer Kolik. Es war nicht ausreichend versichert. Lüttge-Fahlenhorst hat mich beschuldigt, ich hätte das Tier absichtlich verenden lassen. Das war natürlich Unsinn.«

»Wie lange ist das her?«

»Etwa zwei Jahre.«

»Trotzdem wäre es möglich, dass Lüttge-Fahlenhorst sich an Ihnen rächen will, indem er Ihre Pferde tötet. Sie sollten dieser Kommissarin Bleicher von Ihrem Verdacht erzählen.«

»Das werde ich.« Schulte-Notarp wandte sich wieder Franka zu.

»Ach«, sagte ich. »Falls Sie in nächster Zeit nach Rinkerode zurückfahren, würde ich gerne mitkommen. Mein Auto steht noch vor dem Stall.«

»Tja«, sagte der Gestütsbesitzer enttäuscht. »Dann fahren wir am besten gleich.«

Auch Franka sah irgendwie enttäuscht aus. Das gab mir zu denken.

Während der Fahrt nach Rinkerode redete Schulte-Notarp über die Maul- und Klauenseuche, unter der er zu leiden habe, obwohl noch kein einziges Pferd in Europa daran erkrankt sei. Alle Tiertransporte seien untersagt, Reit- und Springturniere würden abgesagt, Pferdemärkte und -auktionen könnten nicht stattfinden. Seit Wochen habe er kein einziges Tier mehr verkauft, das verursache zusätzliche Kosten für Futter und Pflege bei ausbleibenden Einnahmen. Ich hörte nur mit halbem Ohr zu, Pferde gehörten nicht zu den Lebewesen, die mir besonders am Herz lagen. Zum Abschied riet ich ihm noch einmal,

Kommissarin Bleicher anzurufen. Er versprach, das sofort zu erledigen.

Helga Dickmöller hatte auf dem Pleistermühlenweg gewohnt, keine fünfhundert Meter von ihrer Nichte Jessica entfernt. Es war ein älteres, dreigeschossiges Haus. Eines der sechs Namensschilder war vor kurzem erneuert worden, ich drückte auf die Klingel darüber, die nach meiner Schätzung zu der Nachbarwohnung gehören musste.

Die Tür sprang auf und ich erklomm die Treppenstufen. Auf dem Treppenabsatz wartete eine ältere, hagere Frau in rosafarbener Strickjacke. Etwas Besseres hätte mir gar nicht passieren können.

»Frau Liesenkötter?«, fragte ich vertraulich.

»Ja. Was ist denn?«

»Guten Tag.« Ich streckte ihr meine Hand entgegen. »Mein Name ist Dickmöller.«

»Dickmöller?« Hinter der dicken Hornbrille weiteten sich ihre Augen vor Schreck.

»Helga war meine Tante. Zweiten Grades«, fügte ich hinzu, nachdem ihre Schrecksekunde abgeklungen war. »Und Jessica meine Kusine.«

»O Gott!«, entfuhr es ihr.

»Ich bin erst vor einigen Tagen von einem längeren Amerikaaufenthalt zurückgekehrt.«

»Das muss ja schrecklich für Sie gewesen sein?«

Ich nickte traurig.

»Kommen Sie doch herein!«, bat sie.

»Nein, nein«, zierte ich mich. »Ich will wirklich nicht stören.«

»Aber Sie stören doch nicht. Eine alte Frau wie ich hat viel zu viel Zeit.«

Brav folgte ich ihr ins Wohnzimmer, das mit Möbeln und Erinnerungen aus mindestens sechs Jahrzehnten voll gestellt war.

»Möchten Sie einen Kaffee?«

»Wenn Sie gerade einen dahaben.«

»Und ein Stück Torte?«

»Machen Sie sich bitte keine Umstände!«

»Das macht doch keine Umstände«, empörte sie sich. »Ich habe die Torte schon aus der Kühltruhe geholt. Weil meine Enkel heute Nachmittag kommen.«

Die Torte bestand aus einem Fettmantel, der einen vereisten Kern umgab. Es fiel mir nicht leicht, sie mit einem Ausdruck der Verzückung zu lutschen und dabei lobende Laute von mir zu geben. Allerdings wusste ich aus Erfahrung, dass man die Herzen älterer Damen am ehesten brechen kann, wenn man ihre Torten vertilgt.

»Frau Dickmöller hat mir gar nichts von einem Neffen in Amerika erzählt«, bemerkte meine Gastgeberin.

»Wir hatten keinen sehr engen Kontakt«, sagte ich um ein Eisstück herum. »Jessica hat mir natürlich geschrieben, als Helga gestorben ist. Ich habe sogar überlegt, ob ich zur Beerdigung kommen soll. Aber dann musste ich ganz dringend nach San Diego.«

Frau Liesenkötter hing an meinen Lippen.

Ich schob das Eisstück in die Backe. »Sie können sich vorstellen, wie geschockt ich war, als ich hier ankam und erfahren habe, dass auch Jessica tot ist.«

Sie zog ihre Strickjacke enger um die schmalen Schultern. »Ermordet. Von ihrem Ehemann. Zu meiner Zeit wäre so etwas nicht möglich gewesen.«

»Ich frage mich, wie das geschehen konnte«, sagte ich nachdenklich.

»Sie war so eine nette junge Frau«, stimmte Liesenkötter zu.

»Hat sie Helga oft besucht?«

»Nein. Alle paar Wochen, vielleicht. Manchmal ist auch ihr Mann mitgekommen. Eigentlich sah er ganz harmlos aus. Aber der äußere Eindruck kann täuschen. Denken

Sie an diese Unmenschen, die sich an kleinen Kindern vergreifen.«

»Wie wahr!«

Ich spießte das letzte Stück Torte auf und spürte, dass mein Magen revoltierte. Eistorte am Morgen war er nicht gewöhnt.

»Und meine andere Kusine, Susanne Klotz?«

»Ach, die!« Liesenkötter winkte ab. »Die durfte sich hier nicht mehr blicken lassen.«

»Tatsächlich?«

»Frau Dickmöller hat sie hochkant rausgeworfen. Schon vor über einem Jahr. Ich stand zufällig an der Tür und habe den Krach mitbekommen.«

»Und an den Tagen vor Helgas Tod war Susanne nicht da?«

»Nein, bestimmt nicht.«

Ich seufzte. »Ich hoffe nur, dass Helga nicht allzu sehr leiden musste.«

»Da kann ich Sie beruhigen. Sie ist ganz friedlich gestorben. Am Tag vorher hatte sie einen Schnupfen, das war alles.«

»Waren Sie dabei, als sie starb?«

»Nicht direkt. Frau Kentrup hat bei mir geschellt und ...«

»Wer ist Frau Kentrup?«, fragte ich erstaunt.

»Frau Kentrup ist eine allein stehende Dame, die sich ein bisschen um die älteren Mitglieder der Gemeinde kümmert. Der Kirchengemeinde von Sankt Mauritz«, fügte sie erklärend hinzu.

»Aha. Und Frau Kentrup hat Helga gefunden?«

»Ja. Das heißt, wir beide zusammen.« Liesenkötter blühte richtig auf. Wahrscheinlich kam es nicht oft vor, dass ihr jemand aufmerksam zuhörte.

»Das war so: Frau Kentrup hatte ja einen Schlüssel von der Wohnung und ...«

»Wieso hatte sie einen Schlüssel von der Wohnung?«, unterbrach ich ihren Redefluss.

»Für den Notfall. Frau Dickmöller war es lieber so. In unserem Alter weiß man ja nie. Da liegt man plötzlich hilflos auf dem Boden und niemand kommt herein. Ich habe ja eine Tochter, die jeden Tag anruft.«

»Das leuchtet mir ein«, nickte ich.

»Frau Kentrup wusste, dass Frau Dickmöller zu Hause sein musste«, fuhr Liesenkötter fort. »Aber sie wollte nicht einfach so in die Wohnung gehen, verstehen Sie? Deshalb hat sie bei mir geschellt und wir sind gemeinsam hineingegangen. Was soll ich sagen?« Sie nahm die Brille ab und rieb sich das rechte Auge. »Frau Dickmöller lag in ihrem Bett. Sie sah aus, als würde sie schlafen. Ein schöner Tod, wirklich.«

»Herrschte in der Wohnung Unordnung? Sah es aus, als ob sie durchsucht worden wäre?«

»Wie kommen Sie darauf?« Zum ersten Mal glomm so etwas wie Misstrauen in ihren Augen.

»Sie glauben nicht, wie viel Böses es in der Welt gibt. Ich komme aus Amerika. Ich weiß, wovon ich rede. Da passiert so etwas jeden Tag.«

»Aber was denn?«, fragte sie entgeistert.

»Einbrecher, die die Wohnungsbesitzer töten und es wie einen Unfall oder einen natürlichen Tod aussehen lassen. Manche verkleiden sich als Handwerker und geben vor, das Telefon oder die Heizung reparieren zu wollen. Oder sie erschleichen sich das Vertrauen von älteren Menschen, die allein in ihren Wohnungen leben.«

Ich hoffte, ihr würde nicht auffallen, dass das auch auf mich zutraf.

»Nein«, sagte Liesenkötter. »Das hätte ich bestimmt gemerkt. Abgesehen von Frau Kentrup und Jessica hat niemand Frau Dickmöller besucht.«

»Da bin ich ja beruhigt«, sagte ich und stand auf. »Wissen Sie, ich musste einfach mal mit jemandem reden. Ich kenne ja niemanden in Münster.«

Sie brachte mich zur Tür. »Wenn Sie noch eine Frage haben, kommen Sie ruhig vorbei. Eine Tasse Kaffee und ein Stück Kuchen sind immer für Sie da.«

»Habe ich schon gesagt, dass Ihre Torte vorzüglich war?«

Sie strahlte. »Sie wollen mir schmeicheln, junger Mann.«

Als ich mit leichtem Sodbrennen das Haus verließ, fiel mir plötzlich ein, wonach ich am Abend zuvor, bevor Frankas Anruf in meine Grübeleien geplatzt war, gesucht hatte. Es war keine Äußerung von Biereichel, Susanne Klotz, Pfarrer Brockhage, Stürzenbecher oder Rainer Wiedemann gewesen. Ich hatte ganz einfach vergessen, dass ich noch mit einer anderen Person gesprochen hatte.

Vom Pleistermühlenweg aus musste ich nur einmal um die Ecke fahren, dann stand ich schon vor Kim Oanhs *Asia Fast Food*. Der Imbiss war noch geschlossen. Ich ging durch eine Toreinfahrt in einen kleinen Hinterhof, der mit Garagen und Müllcontainern bestückt war.

Neben einer schweren Metalltür standen leere Kartons und Kisten. Ich pochte gegen die Tür.

Kim Oanh öffnete und schaute mich verwundert an. »Wir öffnen erst um zwölf.«

»Ich habe nur eine Frage. Gestern haben Sie gesagt, viele alte Leute würden in ihren Wohnungen sterben, ohne dass jemand etwas davon merkt.«

»Ja, und?«

»War das eine allgemeine Bemerkung oder bezogen auf dieses Viertel, auf Sankt Mauritz?«

»Ach so.« Sie lächelte. »Ich meinte Sankt Mauritz. Im letzten Jahr gab es hier mehrere Fälle, soweit ich weiß.«

»Danke«, sagte ich. »Und ich komme bald wieder, zum Essen.«

Frau Liesenkötter war angenehm überrascht, dass ich ihrer Einladung so schnell folgte. Bevor sie mir eine weitere Tasse koffeinfreien Kaffee andrehen konnte, stellte ich meine Frage.

»Das stimmt«, antwortete sie. »Im letzten Jahr sind einige alte Leute gestorben. Das ist das Schlimmste am Alter. Man sieht, wie die Menschen um einen herum sterben.«

»Hat Frau Kentrup diese alten Leute auch … betreut?«

»Wissen Sie«, flüsterte sie verschwörerisch, »einige nennen sie schon den ›Todesengel‹. Dabei kann die gute Frau doch nichts dafür. Sie will nur das Beste.«

X

»Muss ich auch wandern in finsterer Schlucht, ich fürchte kein Unheil; denn du bist bei mir, dein Stock und dein Stab geben mir Zuversicht«, sagte Pfarrer Brockhage.

»Jeremia?«, fragte ich.

»Nein, ein Psalm, vermutlich aus der Feder von König David.«

»Ich dachte, die katholische Kirche stützt sich auf das Neue Testament.«

»Der Gott Abrahams ist auch der Gott der Moslems und der Christen. Vergessen Sie nicht, dass Jesus aus dem Hause David stammt und die Worte der Propheten kannte. Der Monotheismus war ein großer Schritt in der Entwicklung der Menschheit. Ohne ihn hätte es keine Individualität gegeben, kein Bewusstsein von Geschichte und Zukunft, von Fortschritt und Aufbruch. Glaube, Hoffnung und Gerechtigkeit sind jüdische Begriffe.«

»Was die Christen den Juden nicht gedankt haben.«

»Nein.« Brockhage seufzte. »Leider hat es ein Jahrtausende andauerndes Missverständnis zwischen Christen und Juden gegeben.«

Wir saßen in dem kleinen Büro des Pfarrers. Ich hatte ihn nach Frau Kentrup und ihrer Rolle bei der Betreuung älterer Gemeindemitglieder gefragt und er war wieder in seinen alttestamentarischen Zitatenschatz ausgewichen.

»Um auf Ihre Frage zurückzukommen«, sagte er jetzt unvermittelt, »Menschen sterben, wenn es an der Zeit ist. Mag sein, dass sich im letzten Jahr die Todesfälle in unserer Gemeinde gehäuft haben, mag auch sein, dass einige der betagten Menschen, die von uns gegangen sind, zu Lebzeiten regelmäßig von Frau Kentrup besucht wurden. Aber daraus einen Zusammenhang zu konstruieren, zu unterstellen, sie hätte etwas mit dem Tod dieser bedauernswerten Leute zu schaffen, ist schlichtes Unrecht. Ich kenne das Gerede hinter vorgehaltener Hand, dieses unselige Wort vom Todesengel. Wenn Sie Frau Kentrup kennen würden, so wie ich sie kenne, dann wüssten Sie, dass es Unfug ist. Frau Kentrup ist eine lautere und selbstlose Frau, die aus reiner Nächstenliebe hilft. Sie ist über jeden Zweifel erhaben.«

»Ihr Glaube in Ehren«, sagte ich, »aber mein Job ist es, Fakten zu sammeln.«

»Ihr Job!« Er winkte ab. »Denken Sie, ich bin auf Ihren albernen Ausweis reingefallen? Meine Messdiener haben auch solche Dinger. Was auch immer Sie sind, Herr Wilsberg, eines sind Sie jedenfalls nicht: ein Kriminalbeamter.«

Das saß. Ich schwieg verdutzt.

»Und ich rate Ihnen eines«, wurde der Pfarrer lauter, »lassen Sie Frau Kentrup in Ruhe! Sonst bekommen Sie meinen heiligen Zorn zu spüren. Oder profaner ausgedrückt: Ich werde Sie wegen Amtsanmaßung anzeigen. Haben Sie mich verstanden?«

»Klar und deutlich.« Ich erhob mich von dem Sünderstuhl, auf dem ich gesessen hatte. »Bei Ihrer Aufzählung der wichtigen Werte haben Sie übrigens einen vergessen: die Wahrhaftigkeit.«

Nicht im Traum dachte ich daran, seinem Ratschlag zu folgen. Ich war schon ein paar Jahre zu lange im Geschäft, um mich so leicht einschüchtern zu lassen. Zur Not musste ich eben ohne priesterlichen Beistand auskommen. Pfarrer Brockhages Drohung hatte nur eines bewirkt: Ich war jetzt noch neugieriger auf die Frau mit dem merkwürdigen Spitznamen Todesengel.

Laut Telefonbuch gab es zwei Kentrups in Sankt Mauritz, einen Willy Kentrup und einen oder eine A. Kentrup. Da sich hinter Buchstabenkürzeln zumeist allein lebende Frauen verbargen, fuhr ich zuerst zu A. Kentrup.

Eine stämmige Frau um die fünfzig, mit haltbarer Dauerwelle und einem nicht unsympathischen Gesicht, empfing mich an der Tür.

Ich stellte mich vor und zeigte ihr einen anderen Ausweis aus meiner großen Sammlung. »Ich arbeite für die Wochenendbeilage der *Münsterschen Nachrichten*. Wir planen eine Reihe von Porträts über Menschen, die sich freiwillig um ihre Mitbürger kümmern. Neben anderen fiel auch Ihr Name. Deshalb möchte ich Sie fragen, ob Sie für ein Interview zur Verfügung stehen.«

Ihre Augen blitzten schelmisch. »Sie sind ein Lügner.«

»Wie kommen Sie denn darauf?«

»Pfarrer Brockhage hat mich angerufen und vor Ihnen gewarnt. Er hat Sie genau beschrieben.«

»Tja, wenn das so ist …«

»Verschwinden Sie oder ich rufe die Polizei«, sagte sie freundlich, aber bestimmt.

Ich entschied mich für das Erstere.

In meinem Beruf musste man lernen, Rückschläge hinzunehmen. Sie kamen unverhofft wie Schnee im April, der jetzt auf die Windschutzscheibe rieselte. Privatdetektive waren eben keine Bullen, die kraft ihres Amtes die ›Wo-waren-Sie-gestern-zwischen-neunzehn-und-einundzwanzig-Uhr?‹-Fragen stellen konnten. Also mussten Privatdetektive cleverer sein und gelegentlich mal gegen das Gesetz verstoßen.

Diesmal hatte ich keine Idee, wie ich die Wartezeit verkürzen konnte. Kentrup war gewarnt, sie würde nicht auf ein billiges Ablenkungsmanöver hereinfallen. Es blieb mir nichts anderes übrig, als mich in Geduld zu üben. So saß ich in meinem Auto, fror vor mich hin und behielt das Haus, in dem Kentrup wohnte, im Auge.

Eine Stunde verging und noch eine, der Minutenzeiger kroch langsam seine Runde. Ich kannte alle Staus auf den Autobahnen auswendig, ich hatte Hunger, ich musste dringend auf die Toilette, ich dachte sehnsüchtig an meine geheizte Wohnung. Als ich nahe daran war aufzugeben, verließ Kentrup das Haus. Sie trug eine Einkaufstasche in der Hand und strebte wegen der Straßenglätte mit vorsichtigen Schritten in Richtung Supermarkt auf der Mondstraße. Daraus folgte, dass ich etwa eine halbe Stunde Zeit hatte.

Ich drückte auf die oberste Klingel, rief »Paketservice. Danke!« nach oben und wartete fünf Minuten unter der Kellertreppe. Dann schlich ich zur Wohnung von Kentrup.

Ich brauchte drei Minuten, um das Schloss zu knacken. Als Erstes erleichterte ich mich auf der Toilette. Anschließend warf ich einen Blick in den Medizinschrank, entdeckte aber keine handelsüblichen Gifte.

Für eine gründliche Suche fehlte mir ohnehin die Zeit. Vorläufig genügte mir ein Verzeichnis von Kentrups Opfern.

Es lag in der obersten Schublade einer Kommode im Wohnzimmer, ein dickes Notizbuch, das etwa hundert Namen, Adressen und Telefonnummern enthielt. Nach zwanzig Minuten hatte ich fast alle Namen abgeschrieben. Da ich kein Risiko eingehen wollte, verzichtete ich auf den Rest und legte das Buch zurück.

Keine Minute zu früh, denn als ich die Wohnung verließ, kam Kentrup bereits die Treppe herauf. So lautlos wie möglich sprintete ich zum nächsthöheren Treppenabsatz. Kentrup schloss die Wohnungstür auf und schöpfte offenbar keinen Verdacht.

Entgegen anders lautenden Meinungen hatte ich manchmal auch Glück.

Auf der Hörster Straße kaufte ich bei einem Bäcker ein klebriges Schinken-Käse-Baguette und trauerte den belegten Brötchen nach, die es in meiner Jugend gegeben hatte. Wer auch immer auf die Idee gekommen war, dass strohige Salatblätter, matschige Tomaten- und Gurkenscheiben samt Mayonnaise-Klecks auf und zwischen alle Backwerke gehören, der sollte sich vor dem Internationalen Gerichtshof gegen Geschmacklosigkeit verantworten müssen.

Nachdem ich meinen Magen notdürftig gefüllt hatte, überquerte ich die Straße und betrat die von Johann Conrad Schlaun konzipierte ehemalige Kapelle der Lotharinger Chorfrauen, in der sich seit vielen Jahren das Stadtarchiv befand. Im Inneren war es immer noch so still wie in einem Kloster. Einige alte Männer, die wie emeritierte Professoren aussahen, schlichen auf Gummisohlen zwischen den Regalen umher oder saßen an Tischen, die mit dickleibigen Wälzern und Papieren überhäuft waren.

Ich blieb neben einem Mann im beigen Pullunder stehen und räusperte mich.

Sofort schauten mich alle irritiert an.

»Ich suche die Ausgaben der *Münsterschen Nachrichten*«, sagte ich schüchtern.

Eine knochige Hand deutete auf ein Regal.

Die nächste Stunde arbeitete ich mich durch die Todesanzeigen der letzten zwölf Monate. Vier Namen standen auch auf meiner Liste, einschließlich dem von Helga Dickmöller.

Die Kernarbeitszeit war bereits vorüber, auf den Fluren des Polizeipräsidiums schufteten die Putzkolonnen. Hauptkommissar Stürzenbecher schloss gerade sein Büro ab.

»Gut, dass ich dich noch erwische«, sagte ich.

Er steckte den Schlüssel in die Tasche und ging zum Aufzug. »Ich habe eine Verabredung.«

»Mit wem?«

»Geht dich nichts an.«

»Fünf Minuten«, bat ich.

Er drückte auf den Aufzugknopf. »Dann komme ich zu spät zu meiner Verabredung.«

»Und wenn schon. Viele Leute kommen aus Gewohnheit fünf Minuten zu spät zu ihren Verabredungen.«

»Ich nicht.«

Die Aufzugtür öffnete sich.

»Drei Minuten«, schlug ich als Kompromiss vor.

Er seufzte. »Habe ich dir schon gesagt, dass du eine Nervensäge bist?«

»Heute noch nicht.«

Die Aufzugtür schloss sich wieder.

»Also gut. Zwei Minuten.«

Wir gingen zu seinem Büro zurück.

Ich präsentierte ihm die Liste und das Ergebnis meiner Recherchen im Stadtarchiv.

»Wie bist du an die Namen gekommen?«, fragte Stürzenbecher misstrauisch.

»Das willst du lieber nicht wissen. Entscheidender finde ich, dass vier Frauen, die von Frau Kentrup betreut wurden, in den letzten zwölf Monaten gestorben sind.«

»Was ist daran Besonderes? Ich schätze, jede Pflegerin in einem Altenheim kommt auf eine ähnliche Quote.«

»Die Frauen haben in ihren Wohnungen gelebt, waren also nicht sehr krank. Außerdem musst selbst du zugeben, dass eine derartige Mortalitätsrate für einen relativ kleinen Stadtteil wie Sankt Mauritz ungewöhnlich ist.«

Er grunzte. »Ich will dir mal was sagen, Wilsberg: Alles, was du mir anbietest, sind Vermutungen und Spekulationen. Nichts, worauf ich eine Untersuchung aufbauen könnte. Abgesehen davon, kommst du jeden Tag mit neuen Verdächtigen. Gestern waren es noch Susanne Klotz und Holger Biereichel, heute ist es diese Frau

Kentrup. Kannst du dich nicht mal entscheiden, wer der Mörder ist?«

»Dabei geht's doch um verschiedene Fälle«, protestierte ich.

»So? Ich erinnere mich, dass du mir gestern einen Vortrag darüber gehalten hast, dass der Mord an Jessica Wiedemann und der angebliche Mord an Helga Dickmöller zusammenhängen.«

»Das war gestern. Heute bin ich einen Schritt weiter. Inzwischen glaube ich, dass wir es mit zwei verschiedenen Tätern zu tun haben.«

»Toll«, höhnte er. »Zuerst war es nur ein simpler Mord, jetzt kommt noch eine ausgewachsene Mordserie hinzu. Übrigens habe ich mit Klotz und Biereichel geredet.«

»Und?«, fragte ich.

»Beide haben keine Alibis. Das ist auch schon alles, was gegen sie spricht.« Er schaute auf seine Uhr. »Die fünf Minuten sind um.«

»Noch mal zurück zu den vier toten Frauen«, sagte ich schnell. »Kannst du nicht wenigstens überprüfen, wer die Totenscheine ausgestellt hat?«

»Vielleicht. Aber erst morgen.«

»Mehr habe ich doch gar nicht verlangt.«

Im Bett neben Franka lag eine schlafende, zerbrechlich aussehende junge Frau, die sich teintmäßig kaum von der weißen Bettwäsche unterschied.

»Blinddarm«, erklärte Franka leise, um die Schlafende nicht aufzuwecken. »Sie ist frisch operiert worden.«

»Und wie geht es dir?«

»Mir ist stinklangweilig. Den ganzen Tag fernsehen, lesen oder die Aussicht auf Münster genießen, das ist echt nicht der Hit.«

»Klingt so, als ob du dich auf dem Weg der Besserung befindest.«

»Am liebsten würde ich heute noch verschwinden. Aber die haben gesagt, ich soll noch eine Nacht bleiben und die Visite morgen Vormittag abwarten.«

»Das ist auch besser so«, versuchte ich sie zu überzeugen. »Du solltest nichts überstürzen.«

»Du redest wie meine Mutter.«

Sie hatte wirklich eine beschissene Laune. Zur Ablenkung erzählte ich ihr von meinen Ermittlungen. Das brachte sie wenigstens auf andere Gedanken.

»Glaubst du, die Kentrup hat alle vier Frauen umgebracht?«

»Vielleicht noch mehr. Ich habe ja nur die letzten zwölf Monate überprüft.«

»Das wäre ja Wahnsinn.«

»So was kommt häufiger vor, als man denkt. Alte und Kranke sind perfekte Opfer. Niemand kommt auf den Gedanken, dass sie ermordet worden sind. Die Kentrup sorgt dafür, dass die Toten im Bett liegen, und schon gehen alle von einem natürlichen Tod aus. Die Polizei wird nicht eingeschaltet, eine Obduktion ist selbstverständlich überflüssig.«

»Aber warum soll sie das getan haben?«

»Bei Helga Dickmöller sieht es so aus, als seien ihre Bargeldverstecke in der Wohnung geplündert worden. Vielleicht sind die anderen Frauen auch bestohlen worden. Die andere Möglichkeit wäre, dass die Kentrup aktive Sterbehilfe leistet. Gerade in der Sozial- und Medizinbranche gibt es immer wieder Verrückte, die sich zum Herrscher über Leben und Tod machen und davon überzeugt sind, dass sie den Leuten etwas Gutes tun.«

»Denkst du, der Pfarrer steckt mit ihr unter einer Decke?«

»Das kann ich mir nicht vorstellen. Ich glaube, er will einfach nicht wahrhaben, dass in seiner Gemeinde eine Mörderin umgeht.«

»Und was hast du jetzt vor?«

»Solange wir nicht wissen, ob die Frauen tatsächlich ermordet wurden, ist alles andere müßig. Und Stürzenbecher weigert sich, etwas zu unternehmen. Er müsste dafür sorgen, dass die Leichen exhumiert und obduziert werden.«

»Ich habe eine Idee«, sagte Franka. »Im Rahmen meines Studiums habe ich mich auch mit Rechtsmedizin beschäftigt. Der Direktor des Rechtsmedizinischen Instituts in Münster, Professor Carl Celenius, ist eine internationale Koryphäe. Erzähl ihm doch mal die Geschichte und frag ihn, was man machen kann.«

»Mein Gott, wie schrecklich«, sagte die Frau im Nebenbett.

Franka und ich drehten uns um.

»Haben Sie etwa zugehört?«, fragte ich.

»Sie waren ja nicht besonders leise.«

»Das hat gar nichts zu bedeuten«, log ich. »Ich habe Franka nur von einem Film erzählt, den ich gestern gesehen habe.«

»Erzählen Sie das meiner Oma!«, murmelte die Frau. Dann fielen ihr die Augen zu. Sie schien wieder zu schlafen.

XI

Am nächsten Morgen rief ich in der Rechtsmedizin an. Eine Sekretärin sagte mir, Professor Celenius sei zwar im Hause, wolle aber nicht gestört werden, da er in Kürze zu einer Dienstreise aufbrechen würde.

Von meiner Wohnung im Kreuzviertel bis zum Institut für Rechtsmedizin brauchte ich mit dem Auto nur zehn Minuten. Das Institut befand sich in der Nähe des Coesfelder Kreuzes, wo die naturwissenschaftlichen und medizinischen Fachbereiche der Westfälischen Wilhelms-Universität in zweckmäßigen, identitätslosen Kästen versammelt waren, ein Viertel, das auch in jeder anderen Stadt der Welt hätte stehen können. Von der Von-Esmarch-Straße bog ich in eine kleine Zufahrt ab. Hinter einem breiten Rasenstreifen, ein paar Hecken und einem kleinen Parkplatz sah das Gebäude unscheinbar aus, beinahe winzig zwischen den anderen, wesentlich größeren Fachkliniken der Uni.

Ich stellte das Auto auf dem Parkplatz ab, stieg aus und hoffte, dass Professor Carl Celenius seine Dienstreise noch nicht angetreten hatte. Meine Hoffnung schien berechtigt, denn in der Parkbucht, die laut Schild einem *Prof. Celenius* vorbehalten war, stand ein nachtblauer Jaguar Sovereign mit der mittleren Buchstabenkombination CC auf dem Nummernschild. Selbst ein schlechterer Detektiv als ich hätte daraus den Schluss gezogen, dass das Auto Professor Celenius gehörte.

Eine Zigarillolänge später kam ein weißblonder, etwa fünfzigjähriger Mann aus dem Institutsgebäude. Er trug einen Mantel über dem Anzug, eine Fliege unter dem offenen Schal und eine dickbauchige Tasche. Er ging zum Jaguar.

Ich trat ihm in den Weg. »Professor Celenius?«

Er schaute mich mit einem Auge an. »Ja?«

»Mein Name ist Wilsberg. Ich bin Privatdetektiv.«

Ein spöttisches Lächeln huschte über sein Gesicht. »Tatsächlich?« Er sprach mit leichtem norddeutschen Akzent.

»Ich würde gerne mit Ihnen reden.«

»Tut mir Leid. Ich habe keine Zeit.«

»Es geht um eine Mordserie. Im Zusammenhang mit dem Fall Jessica Wiedemann.«

»Wie interessant. Lassen Sie sich von meiner Sekretärin einen Termin geben.«

»Außer mir glaubt niemand, dass es sich um eine Mordserie handelt.«

»Tja, ich muss nach Mailand.« Celenius entriegelte per Fernbedienung den Jaguar. »Wenn Sie wollen, können Sie mich zum Flughafen begleiten.«

»Zu welchem Flughafen?«, fragte ich, als ich auf dem beigen Ledersitz saß.

»Münster-Osnabrück.« Er lächelte. »Zurück können Sie den Bus nehmen.«

Wir fuhren auf der Grevener Straße nach Norden. Ich erzählte meine Geschichte, wobei ich Namen und illegale Aktivitäten unterschlug, und er stellte knappe Informationsfragen. Sein berufliches Interesse schien jedenfalls geweckt.

»Was meinen Sie dazu?«, fragte ich, als Sprakel hinter uns lag und wir von einem Lastwagen aufgehalten wurden.

Er ließ sich Zeit mit der Antwort. »Es wäre möglich, dass es sich um eine Mordserie handelt. Aus dem Stand könnte ich Ihnen mindestens zehn vergleichbare Serien nennen, die sich in den letzten Jahren in Deutschland ereignet haben. Andererseits wäre es genauso gut möglich, dass Sie auf eine zufällige Häufung von Todesfällen in einem Stadtteil gestoßen sind. Für das Mordmotiv, das Sie der sozial engagierten Dame unterstellen, haben Sie nur in einem Fall einen vagen Hinweis. Das sehe ich doch richtig, oder?«

»Stimmt«, gab ich zu. »Deshalb ist es von größter Bedeutung, dass die Leichen der alten Frauen untersucht werden.«

»Da kann ich leider gar nichts machen«, sagte Celenius. »Wir dürfen nur auf Anforderung der Staatsanwaltschaft tätig werden. Das, was Sie in vielen Fernsehkrimis sehen, den Rechtsmediziner, der schon am Tatort die Leiche begutachtet, ist reine Fiktion. Zu unserem Bedauern, übrigens. Denn Fotos haben schon oft zu Fehlurteilen geführt. In der Realität bekommen wir die Leichen erst im Nachhinein auf den Seziertisch. Und nur dann, wenn Kripo und Staatsanwaltschaft der Auffassung sind, dass ein Verbrechen vorliegen könnte. Bedauerlicherweise ist das immer seltener der Fall.«

»Wieso?«

»Oberflächlich betrachtet, um Zeit und Geld zu sparen. Tatsächlich handelt es sich um einen politischen Skandal. In Deutschland gibt es eine stillschweigende Vereinbarung, sich nicht um die Toten zu kümmern.«

Ich dachte an das Gespräch, das ich mit Stürzenbecher geführt hatte.

»Stürzenbecher ist ein guter Mann«, sagte der Professor. »Ich habe bei einigen Fällen mit ihm zusammengearbeitet. Man kann ihm persönlich keinen Vorwurf machen. Er ist abhängig von den Vorgaben der Behörde und den Weisungen der Staatsanwaltschaft. Entscheidend ist die Tendenz in der Gesellschaft, Todesfalluntersuchungen für unwichtig zu erachten. Wir Rechtsmediziner führen seit Jahren einen Kreuzzug dagegen. Und in letzter Zeit haben wir auch Unterstützung in einigen Medien bekommen. Allerdings sind wir eine kleine Gruppe und wir werden immer kleiner, da man bestrebt ist, uns überflüssig zu machen. Allein in Nordrhein-Westfalen sollen von den sechs rechtsmedizinischen Instituten drei geschlossen werden.«

»Wollen Sie behaupten, dass der Staat kein Interesse an der Aufklärung von Morden hat?«

»So würde ich es nicht ausdrücken. Je weniger Todesfalluntersuchungen es gibt, desto geringer ist auch die Zahl der Morde und umso höher die Aufklärungsquote. Der Staat beweist seine Effektivität und die Bürger fühlen sich subjektiv sicher. Wenn es das öffentliche Interesse erfordert, zeigt der Staat enorme Präsenz. Nehmen Sie die sexuell motivierten Morde an Kindern. Seitdem sich die Medien dafür interessieren – und das ist erst seit einigen Jahren so –, werden Sonderkommissionen von mehreren hundert Beamten eingesetzt, die sich ausschließlich mit einem Fall beschäftigen. Aber im Polizeialltag ist nicht jede Leiche gleich. Auf der anderen Seite fallen Tötungsdelikte an alten Leuten, sozialen Randgruppen oder Säuglingen durch den Rost. Das ist die Kehrseite der Medaille. Ich weiß, wovon ich rede. Wir haben in Münster eine Untersuchung zum Plötzlichen Kindstod durchgeführt. Von etwa dreihundert verstorbenen Säuglingen und Kleinkindern, bei denen es in keinem Fall einen konkreten Tötungsverdacht gab, waren acht umgebracht worden.«

Trotz der einwandfrei funktionierenden Heizung fühlte ich einen kalten Hauch.

»Wollen Sie noch mehr Zahlen hören?«, fragte Celenius. »In Deutschland werden pro Jahr sieben bis acht Prozent aller Leichen seziert, lediglich ein bis zwei Prozent von Rechtsmedizinern. In Finnland werden fünfunddreißig Prozent aller Leichen seziert, davon erledigen Rechtsmediziner fünfzehn Prozent. Während in Deutschland auf zehntausend Verstorbene durchschnittlich zwanzig Getötete kommen, sind es in Finnland dreiunddreißig. Da sich die gesellschaftlichen Verhältnisse in Deutschland und Finnland nicht sehr unterscheiden, kann man wohl annehmen, dass auch in Deutschland die Zahl der Morde erheblich höher liegen würde, gäbe es mehr Obduktionen.«

Wir erreichten die Stadtgrenze von Greven. Der Professor fuhr auf der Westumgehung um den Ortskern herum.

»Je weiter entfernt von einem rechtsmedizinischen Institut ein Todesfall stattfindet«, redete er weiter, »desto geringer ist die Bereitschaft, die Leiche wissenschaftlich untersuchen zu lassen. Wenn jemand, sagen wir, im Sauerland stirbt, bedeutet es für den Kriminalbeamten eine Tagesreise, die Leiche bis zu unserem Institut in Münster zu begleiten. Also drängt er den Arzt, obwohl dieser seine Zweifel hat, eine natürliche Todesursache zu attestieren. Doch anstatt gegenzusteuern, die Todesfalluntersuchungen zu verbessern, die Ausbildung zu qualifizieren, mehr Rechtsmediziner zu beschäftigen, forciert die Politik diesen Trend. Die Abschaffung von Rechtsmedizinischen Instituten bedeutet, dass weniger Leichen seziert und weniger Morde entdeckt werden, dass die Ausbildung von Allgemeinmedizinern, die sowieso schon bei der Leichenschau überfordert sind, noch weiter verschlechtert wird. In einigen Bundesländern ist man sogar dabei, auf dem Totenschein die Rubrik ›ungeklärte Todesart‹ abzuschaffen. Damit macht man die Notärzte zu Hellsehern. Denn wie sollen sie bei einem Toten, der ihnen in der Regel völlig unbekannt ist, entscheiden, ob er eines natürlichen oder eines unnatürlichen Todes gestorben ist, falls er keine offensichtlichen äußeren Verletzungen aufweist?«

»Und wie erklären Sie diese Entwicklung?«, fragte ich.

Der Professor grinste kurz. »Tote haben keine Lobby. Sie können nicht wählen, also sind sie für die Politiker unwichtig.«

»Das ist zynisch.«

»Die Realität ist zynisch. Dabei betreiben wir Rechtsmediziner Präventivmedizin.«

»An Leichen?«

»Sicher. Sehen Sie, viele Mordserien, besonders in Altenheimen oder Krankenhäusern, werden erst entdeckt, nachdem bereits zehn, fünfzehn oder zwanzig Opfer gestorben sind. Einigen Mitgliedern des Personals fällt auf, dass während der Schicht einer bestimmten Schwester oder eines bestimmten Pflegers häufig Patienten versterben. Man beginnt zu munkeln, dann – oft sehr viel später – gibt es einen anonymen Hinweis an die Polizei. Bis zum Beginn der Ermittlungen vergeht noch einmal Zeit. Und erst jetzt, wenn der Nachweis des einundzwanzigsten Mordes gelingt, wird der Täter verhaftet. Wären die ersten Todesfälle gründlich untersucht worden, hätten wir das Leben der anderen Opfer retten können. Und ich rede hier von Mordserien, die durch die hohe Zahl der Opfer auffallen. Diejenigen, die nur fünf- oder sechsmal morden, werden nie gefasst, sie tauchen in keiner Statistik auf.«

Celenius bog in die Zufahrt zum Flughafen ein. Bauernhöfe und Felder säumten die Landstraße.

Ich erinnerte mich an Stürzenbechers Bemerkung über die Dunkelziffer, die eine liberale Gesellschaft ertragen müsse.

»Das ist richtig. Totale Aufklärung von Verbrechen gibt es nur bei totaler Kontrolle. Das will niemand. Also müssen wir mit einem Dunkelfeld bei Mord und Totschlag leben. Die Frage ist nur, wie groß dieses Dunkelfeld sein soll. Im Moment befinden wir uns in Deutschland auf einer abschüssigen Bahn. In Europa liegen wir, was fachkundige Sektionen angeht, sehr weit hinten, dafür sind wir führend bei Exhumierungen. Das liegt daran, dass viele Morde erst im Nachhinein und zufällig erkannt werden, beispielsweise wenn ein Täter, der wegen eines aktuellen Mordes gefasst wird, gleich noch fünf andere gesteht. Es entwickeln sich gesellschaftliche Graubereiche, in denen quasi ungestraft gemordet werden kann. Das betrifft alte Leute, aber auch Drogensüchtige, Obdachlose oder Säuglinge.«

Unvermittelt tauchten die Flughafengebäude vor uns auf. Für viele Millionen und gegen den erbitterten Widerstand der Umweltschützer hatten die regionalen Politiker in den letzten Jahren Weltstadt gespielt. Die neuen Hallen sahen so aus, als wären sie bei einem Freigang aus Düsseldorf oder Frankfurt entwischt.

Professor Celenius stellte seinen Jaguar im Parkhaus ab. Wir gingen zum Abflug-Terminal, dessen Vordach von imposanten Säulen gestützt wurde.

»Um auf Ihr Anliegen zurückzukommen«, sagte der Rechtsmediziner, »ich kenne einen der Oberstaatsanwälte ganz gut. Ich werde mal mit ihm reden – wenn ich wieder in Münster bin. Erwarten Sie aber nicht zu viel. Auch bei der Staatsanwaltschaft verbrennt sich niemand gern die Finger.«

Im Erdgeschoss der Halle hätten auch drei Jumboladungen kein Gedrängel verursacht. Da in Münster keine Jumbos landeten, wirkte es allerdings ziemlich leer.

Nachdem Celenius eingecheckt hatte, schaute er auf einen der Monitore. »Wir haben noch Zeit für einen Kaffee. Kommen Sie, ich lade Sie ein.«

Eine Rolltreppe höher quetschte sich die *coffee bar* in eine Ecke, als hätte sie Platzangst.

Wir orderten Cappuccini und rauchten Zigarillos.

»Sie fliegen dienstlich nach Mailand?«, erkundigte ich mich höflich.

»Ja. Ein ganz alter Fall.« Seine Augen blitzten vor Freude. »Sagt Ihnen der Name Roberto Calvi etwas?«

»Mafia?«, riet ich. »War Calvi nicht Banker?«

»Genau. Roberto Calvi war Chef des Banco Ambrosiano, einer Mailänder Privatbank mit besten Beziehungen zum Instituto per le Opere di Religione, dem Institut für religiöse Werke, der Bank des Vatikans. Zusammen mit Erzbischof Marcinkus, dem Chef der Vatikanbank, machte er Geschäfte mit Michele Sindona, einem bekannten Mafia-Bankier, und Licio Gelli, dem Großmeister der berüchtigten P2-Loge. Calvi wurde 1981 verhaftet und zu vier Jahren Gefängnis verurteilt. Weil er gegen das Urteil Berufung einlegte, kam er frei und flüchtete nach London. Dort fand man seine Leiche im Juni 1982 – erhängt an der Blackfriars Bridge. Seltsamerweise an einer schwer zugänglichen Stelle, nämlich an einem Baugerüst am Fuß der Brücke. Seine Beine hingen bis zu den Knien im Wasser, die Manteltaschen waren mit Ziegelsteinen beschwert. Für einen Selbstmörder wäre es sehr schwierig gewesen, über das Baugerüst nach unten zu klettern. Einiges spricht dafür, dass Calvi mit einem Boot zu der Brücke gebracht wurde. Nun ...«, Celenius paffte eine Rauchwolke in die Luft, »... auch Rechtsmediziner machen Fehler. Mein Londoner Kollege wollte zu der Hochzeit seiner Tochter. Er wusste nicht, um wen es sich bei dem Toten handelte, und führte nur eine oberflächliche Sektion durch, mit dem Ergebnis, dass Selbstmord wahrscheinlich sei. Erst ein Dreivierteljahr später begannen die Mordermittlungen. Im Juni 1996 wurde ein Mafioso namens Francesco di Carlo wegen des Mordes an Calvi festgenommen. Zum Glück war die Leiche Calvis die ganze Zeit kühl gelagert worden, denn noch immer ist die Frage, ob Calvi Selbstmord begangen hat oder ermordet wurde, nicht endgültig geklärt. Ich gehöre einer internationalen Kommission an, die ein Gutachten zu dem

Fall abgeben soll. Anlässlich unseres Treffens in Mailand werde ich mir eine Scheibe von Calvi abschneiden und dann später hier in Münster untersuchen.«

Celenius' Flug wurde aufgerufen.

»Halten Sie mich auf dem Laufenden!«, sagte der Professor zum Abschied. »Und ich werde sehen, was sich machen lässt.«

Während ich auf den Bus wartete, der mich nach Münster zurückbringen sollte, rief ich Hauptkommissar Stürzenbecher an. Er musste aus einer Sitzung geholt werden und war ziemlich ungehalten.

»Was willst du schon wieder?«

»Wer hat die Totenscheine der vier Frauen aus Sankt Mauritz ausgestellt?«

»Doktor Thalheim.«

»Aha.«

»Nichts aha«, knurrte Stürzenbecher. »Es gibt nur zwei Allgemeinmediziner in Sankt Mauritz.«

»Also wieder so ein blöder Zufall?«

»Genau.«

Bevor ich noch etwas sagen konnte, legte er auf.

XII

Franka saß angezogen auf dem Krankenhausbett.

»Wir wollten gerade gehen«, erklärte sie gallig.

Das ›Wir‹ bezog sich auf Ludger Schulte-Notarp, der am Panoramafenster lehnte.

»Ich bin ja da«, verkündete ich fröhlich.

»Eine halbe Stunde zu spät.«

Der Gestütsbesitzer bewies einen hervorragenden Sinn für Timing, indem er das heraufziehende Stimmungstief mit den Worten torpedierte: »Lüttge-Fahlenhorst ist übrigens verhaftet worden.«

»Wer ist Lüttge-Fahlenhorst?«, fragte ich irritiert.

»Der Bauer, dessen Pferd in meinem Stall verendet ist.«

»Der im Verdacht steht, Ihre Pferde getötet zu haben?«

»Genau. Bei einer Hausdurchsuchung hat man Spritzen und Gift gefunden. So wie es aussieht, ist der Fall gelöst. Fräulein Holtgreve hat ganze Arbeit geleistet.«

»Ja, das hat sie.« Ich griff nach Frankas Arm.

»Lass mich!«, zickte meine Assistentin. »Ich bin nicht gehbehindert.«

»Und viel Glück bei der Mördersuche!«, wünschte die junge Frau im Nachbarbett.

Ich zuckte zusammen. »Danke. Was macht Ihr Blinddarm?«

»Der ist entsorgt. Mir geht's schon viel besser.«

»Anja ist nett«, sagte Franka, als wir auf dem Flur standen.

»Aber sie weiß zu viel.«

»Sie wird nichts verraten. Ich habe mit ihr darüber geredet.«

Vor dem Bettenturm nahm mich Schulte-Notarp zur Seite. »Hören Sie, Herr Wilsberg, ich möchte, dass Sie das von mir erfahren: Ich habe Fräulein Holtgreve zweitausend Mark Prämie versprochen, als Anerkennung für ihre Leistung und ihren Mut. Unabhängig von der Rechnung, die Sie mir stellen werden.«

»Das ist sehr großzügig von Ihnen.«

»Franka, ich meine, Fräulein Holtgreve hat mir erzählt, dass sie unentgeltlich für Sie arbeiten würde, wegen der schwierigen wirtschaftlichen Situation, in der Ihr Detektivbüro steckt. Deshalb dachte ich …«

»Unsinn«, unterbrach ich ihn. »Selbstverständlich bekommt Franka ein Honorar. Unsere Vereinbarung hat sich längst erledigt.«

Schulte-Notarp blieb freundlich. »Aber Sie haben doch hoffentlich nichts dagegen? Fräulein Holtgreve hat sich sehr engagiert.«

»Zu sehr. Sie hätte dieses Risiko nicht eingehen sollen.«

»Da bin ich ganz Ihrer Meinung«, stimmte der Pferdemann zu. »Trotzdem hat sie eine Entschädigung für die erlittene Verletzung verdient. Also, was sagen Sie dazu?«

Natürlich hatte ich nichts dagegen, dass Franka die zweitausend Mark bekam. Aber ein bisschen ärgerte es mich schon, dass er mich als Besitzer der Detektei einfach überging.

»Hast du was mit Schulte-Notarp?«, fragte ich.

»Wie kommst du denn darauf?«

»Ihr benehmt euch wie ein verliebtes Paar.«

»Nur weil er mich zum Abschied geküsst hat?«

»Zum Beispiel.«

»Er mag mich. Und ich mag ihn. Er hat mir angeboten, dass ich seine Pferde ausreiten darf, so oft, wie ich will.«

»Wie schön für dich.«

»Sag mal, bist du eifersüchtig?«

»Ich?«

»Du klingst ziemlich eifersüchtig.«

»Quatsch.«

Ich bog auf den Ring, der nach Süden führte.

»Wo fährst du hin?«, fragte Franka.

»Zu deiner Wohnung. Du solltest dich ein paar Tage ausruhen.«

»Du spinnst wohl? Ich habe mich lange genug ausgeruht. Lass uns zum Büro fahren. Ich möchte endlich wieder was tun. Was hat denn Professor Celenius gesagt?«

Im Büro blinkte der Anrufbeantworter. Rechtsanwalt Kachelpöhler bat dringend um einen Rückruf.

Ich öffnete den Brief mit Kachelpöhlers Kanzleianschrift, der im Briefkasten gesteckt hatte, und überflog den Vertrag. Dann griff ich zum Telefon.

»Herr Kollege«, nölte Kachelpöhler, »ich warte auf Ihre Informationen.«

»Der Vertrag scheint mir so weit in Ordnung«, versetzte ich ungerührt. »Mit dem von mir unterschriebenen Exemplar bekommen Sie einen ersten Bericht.«

»Hoffentlich ist er sein Geld wert«, ätzte er.

»Na klar doch, Kachel.« Das war sein damaliger und vermutlich noch heute gültiger Spitzname.

Seine fettige Stimme wurde schärfer. »Lassen Sie das! Für Sie immer noch Herr Kachelpöhler.«

»Wie Sie meinen.«

»Da ist noch was«, knödelte er weiter. »Rainer Wiedemann möchte mit Ihnen sprechen.«

»Schon wieder?«

»Ich weiß auch nicht, welchen Narren er an Ihnen gefressen hat. Machen Sie, was Sie wollen. Ich habe es Ihnen gesagt und damit meine Pflicht erfüllt.«

Ich überlegte. »Ich möchte meine guten Beziehungen zur Polizei nicht überstrapazieren. Wenn Sie mir bescheinigen, dass ich für Ihre Kanzlei arbeite, könnte ich mir ganz offiziell Zugang verschaffen.«

»Das wollen Sie mir doch wohl nicht antun?«, protestierte er. »Sie sind kein Rechtsanwalt.«

»Aber ich bin immer noch Jurist. Sagen wir, Sie beschäftigen mich als juristischen Berater. Auf freiberuflicher Basis, selbstverständlich.«

Nach einigen Stoßseufzern von seiner Seite waren wir uns einig.

Anschließend setzte ich mich an den Computer und tippte den Bericht. Da sich Franka unbedingt nützlich machen wollte, gab ich ihr den Auftrag, den hundert Namen, die ich aus Kentrups Notizbuch abgeschrieben hatte, abzüglich der bereits Verstorbenen, Adressen und möglichst viele Personendaten zuzuordnen. Damit war sie erst einmal eine Weile beschäftigt.

Nach dem Austausch der Papiere in Kachelpöhlers mit reichlich Marmor und Tropenholz ausgestatteten Büroräumen fuhr ich zum Untersuchungsgefängnis. Hauptkommissar Stürzenbecher hatte es aufgegeben, Rainer Wiedemann ein Geständnis zu entlocken, war aber offenbar gemeinsam mit dem Staatsanwalt und dem Untersuchungsrichter der Auffassung, dass die Beweise für einen Indizienprozess ausreichen würden.

Entsprechend gereizt und aggressiv reagierte Wiedemann: »Die Polizei hat sich auf mich eingeschossen. Was tun Sie eigentlich für mein Geld? Ich will hier raus, verdammt noch mal.«

»So schnell geht das nicht, Herr Wiedemann.«

»Heißt das, Sie haben nichts erreicht?«

»Ihr Anwalt hat vorhin einen Bericht bekommen. Ich verfolge einige Spuren im Zusammenhang mit dem Tod von Helga Dickmöller.«

Er schüttelte genervt den Kopf. »Was soll das? Dauernd kommen Sie mir mit Tante Helga. Ich verstehe nicht, was das mit meinem Fall zu tun hat.«

»Die Sache ist kompliziert«, gab ich zu. »In Sankt Mauritz hat es einige seltsame Todesfälle gegeben. Betroffen waren ausschließlich ältere Damen. Möglicherweise hat Jessica nach dem Tod ihrer Tante etwas gehört oder gesehen, das sie in Kontakt mit dem Mörder oder der Mörderin gebracht hat. Dann hätten wir ein Mordmotiv. Der Mörder könnte Jessica beseitigt haben, weil sie zu viel wusste.«

»Ist das nicht sehr weit hergeholt?«, fragte Wiedemann.

»Einen leichteren Weg sehe ich im Moment nicht. Überlegen Sie mal! Wo könnte Jessica etwas aufgeschnappt haben?«

»Vielleicht bei der Arbeit«, schlug Wiedemann vor.

»Bei welcher Arbeit?« Dass Jessica berufstätig gewesen war, hatte ich völlig übersehen.

»Na, sie hat doch als Arzthelferin bei Doktor Thalheim gearbeitet.«

Ich beschimpfte mich stumm als Idioten. »Warum haben Sie das nicht gleich gesagt?«

»Sie haben mich ja nicht danach gefragt.«

Da hatte er Recht.

Ich lehnte mich zurück. »Ich glaube, das ist ein wichtiges Bindeglied. Thalheim hat die Totenscheine der Verstorbenen ausgestellt. Er muss etwas gewusst oder geahnt haben. Dann lässt er in der Praxis eine entsprechende Bemerkung gegenüber seinen Angestellten fallen. Und Jessica zieht ihre Schlüsse daraus. Hat sie nie mit Ihnen darüber gesprochen?«

»Nein, nie.«

Trotzdem war ich sicher, dass ich der Lösung einen entscheidenden Schritt näher gekommen war.

Die Sprechstunde von Doktor Thalheim dauerte heute bis achtzehn Uhr. Eine halbe Stunde später verließen die Arzthelferinnen das Haus, in dem sich die Praxis befand.

Ich entschied mich für diejenige, die mich schon kannte. Das würde den Einstieg leichter machen. Immerhin hatte sie mich belogen.

Ich wartete, bis sie in ihren kleinen, mintfarbenen Nissan gestiegen war, und folgte ihr dann über die Wolbecker Straße in die Innenstadt. Fünf Minuten lang kreisten wir auf der Suche nach Parkplätzen durch das Ostviertel. Die größte Schwierigkeit bei solchen Beschattungen mit dem Auto bestand nicht darin, das zu verfolgende Auto im Auge zu behalten, sondern gleichzeitig mit der Zielperson einen Parkplatz zu finden. Sie fand einen, ich nicht.

Also stellte ich meinen Wagen verbotswidrig vor einer Einfahrt ab und sprintete zu dem Haus, in dem die Arzthelferin verschwunden war. Ich musste nur dreimal klingeln, bis ich vor der richtigen Tür stand. Sie hieß Yvonne Krämer, hatte ihren Mantel noch nicht ausgezogen und hielt eine kleine Katze im Arm, die mich aus grünen Augen misstrauisch anguckte.

Krämer wurde bleich. »Was wollen Sie?«

»Mit Ihnen reden.«

»Ich habe Ihnen nichts zu sagen.«

»Ich bin Privatdetektiv.« Ich zeigte ihr meinen Ausweis, diesmal den richtigen. Ausweise hatten in der Regel eine beruhigende Wirkung, weil in den Filmen immer die Guten ihre Ausweise zeigten.

Die Arzthelferin blieb unschlüssig. Ich nahm ihr die Entscheidung ab, indem ich mich in die Wohnung drängte und die Tür von innen schloss.

»Keine Angst, ich will Sie nicht belästigen.« Streng genommen standen meine Worte im Gegensatz zu meinen Taten, aber wer wollte sich in diesem Moment mit Spitzfindigkeiten abgeben?

Sie setzte die Katze ab, die sich sofort hinter einer Kommode versteckte. So viel zum Thema Vertrauen.

»Warum haben Sie gesagt, dass Sie Jessica Wiedemann nicht kennen würden?«

»Ich kann nichts sagen.« Das kam schon zögerlicher.

»Aber Sie haben doch einen Verdacht?«

»Nein«, sagte sie schnell.

Ich lächelte. »Ohne zu wissen, was ich meine?«

»Ich habe keine Ahnung, wovon Sie reden, und ich will es auch gar nicht hören.«

»Ich rede vom plötzlichen Sterben alter Damen in Sankt Mauritz.«

Sie begann zu zittern. »Bitte! Gehen Sie!«

»Was hat Jessica gewusst?«

Sie öffnete die Tür. »Bitte! Sie bringen mich in Schwierigkeiten.«

»Sie müssen keine Schwierigkeiten bekommen, wenn Sie mir vertrauen.«

Sie lehnte sich gegen die Tür. »Gerade dann. Verstehen Sie nicht? Ich habe Angst. Das, was Jessica passiert ist, kann auch mir passieren.«

Es gab Kollegen von mir, die es jetzt auf die harte Tour probiert hätten. Doch ich gehörte nicht zu dieser Sorte.

Mein Wagen hing bereits mit den Vorderreifen in der Luft. Es gab ein bisschen Gezänk mit dem Menschen, dessen Einfahrt ich blockiert hatte, und mit dem Polizisten, der den Abschleppwagen gerufen hatte. Ich kassierte eine gebührenpflichtige Verwarnung und zahlte eine saftige Ablassspende an den Fahrer des Abschleppwagens, damit er mein Auto wieder vom Haken ließ. Im Endeffekt hatte mich der Parkplatz rund zweihundertfünfzig Mark gekostet. Ich war gespannt, ob Kachelpöhler das als besondere Aufwendung akzeptieren würde.

Als ich einen regulären Parkplatz in der Nähe meiner Wohnung im Kreuzviertel besetzte, wurde mir bewusst, dass mir der silberne Audi, der am Ende der Straße stehen blieb, schon seit einiger Zeit gefolgt war. Allerdings war der Audi zu weit entfernt, um den Fahrer zu erkennen.

Franka lag auf dem Sofa in meinem Wohnzimmer und schaute mit verschleierten Augen zum Fernseher.

»Blöde Kopfschmerzen«, sagte sie mit kraftloser Stimme. »Ich habe nicht mal die Hälfte geschafft.«

Ich ging vor ihr in die Hocke. »Franka, ich bringe dich jetzt nach Hause und du legst dich ins Bett, wo du bis mindestens morgen Mittag bleibst. Das ist kein Vorschlag, sondern ein Befehl. Bei Zuwiderhandlung droht die Kündigung.«

Sie nickte.

Während der Fahrt ins Südviertel und wieder zurück hielt ich Ausschau nach silbernen Audis. Ich konnte keinen entdecken. Vermutlich hatte ich mich von Yvonne Krämers Angst infizieren lassen.

XIII

Als ich am Morgen aufwachte, glaubte ich zuerst, ich hätte vergessen, das Licht auszuschalten. Tatsächlich war es die Sonne, die sich nach Wochen mal wieder einen Weg durch die Wolkendecke gebahnt hatte.

Aufgrund dieser wundersamen Lichterscheinung quälte ich mich ein bisschen flotter als sonst aus dem Bett. Ich kochte mir einen italienischen Kaffee, aß zwei Brote, las die Zeitung und fühlte mich anschließend in der Lage, darüber nachzudenken, wie ich den Tag sinnvoll verbringen konnte.

Bei den meisten Fällen ergab sich ein Schritt nach dem anderen. Man musste nur der Hauptspur folgen, hartnäckig oder dreist genug sein, um irgendwann Erfolg zu haben – oder nicht. Beim Fall Jessica Wiedemann lag die Sache anders. Ich schnappte mir ein Blatt Papier und malte eine Art Soziogramm der Beziehungen aller Beteiligten. Am Ende sah es aus wie ein Spinnennetz. Aber wer war die fette Spinne in der Mitte? Doktor Thalheim? Pfarrer Brockhage? Todesengel Kentrup? Gab es vielleicht doch nur einen Mörder? Hatte ich Susanne Klotz und Holger Biereichel zu früh abgeschrieben? Waren Helga Dickmöller und die anderen Frauen aus Sankt Mauritz überhaupt ermordet worden?

Ich kochte mir noch einen Kaffee, rauchte einen Zigarillo und grübelte weiter. Bis ich zu dem Punkt kam, meine ganze Arbeit infrage zu stellen. Ich beschloss, das Grübeln aufzugeben und etwas zu tun. Aktionismus war besser als über die Sinnfrage nachzudenken.

Mehr oder weniger zufällig war meine Wahl auf Frau Kentrup gefallen. Auf der Fahrt nach Sankt Mauritz war mir lange Zeit ein roter Volvo gefolgt, allerdings nur bis zu der Straße, in der die Kentrup wohnte. Ich war nun ziemlich sicher, dass mich niemand dabei beobachtete, wie ich die Kentrup beschattete.

Der Todesengel ging seiner Lieblingsbeschäftigung nach, nämlich alte Damen zu besuchen. Die erste stand auf Frankas unvollständiger Liste. Sie hieß Gertrud van Elden und war vierundsiebzig Jahre alt. Ich blieb im Auto sitzen und wartete. Kentrup hielt sich anderthalb Stunden bei van Elden auf. Für meinen Geschmack viel zu lang. Ich fror und fragte mich, was ich hier eigentlich tat.

Während Kentrup ihre nächste Kundin zu Fuß ansteuerte, rollte ich mit voll aufgedrehter Heizung hinterher. Die nächste Adresse fand sich nicht auf der Liste.

Da ich davon ausging, reichlich Zeit zu haben, machte ich einen kleinen Abstecher zum *Asia Fast Food*, plauderte ein bisschen mit Kim Oanh und nahm eine Portion gebratene Nudeln mit.

Ich hatte gerade die Hälfte gegessen, als Kentrup schon wieder aus dem Gebäude trat. Diesmal grenzte ihr Besuch ja fast an Smalltalk. Ich ließ ihr einen Vorsprung, bevor ich zur Haustür hastete und mir die beiden Namen merkte, die auf den Klingelschildern standen.

Der Todesengel hatte für diesen Vormittag genug gute Taten vollbracht und kehrte zu seiner Wohnung zurück. Während ich den Rest Nudeln vertilgte, stellte ich anhand der Abschrift aus Kentrups Notizbuch fest, dass sie zuletzt eine Margret Reimers besucht hatte.

Ich rülpste. Die kalten Nudeln hatten irgendwie merkwürdig geschmeckt. Plötzlich fühlte ich mich schummrig. Die Straße verschwamm vor meinen Augen. Ich stieß die Wagentür auf und torkelte auf den Bürgersteig. Meine Beine wurden kraftlos, ich fiel auf die Knie.

Das Letzte, was ich sah und hörte, waren schwarze Hosenbeine und eine Stimme, die sagte: »Jeder stirbt nur für seine eigene Schuld; nur dem, der die sauren Trauben isst, werden die Zähne stumpf.«

Als ich zum zweiten Mal an diesem Tag aufwachte, saßen Franka und Stürzenbecher an meinem Bett. Ich zwinkerte ein paarmal, aber sie saßen immer noch da. Und es war eindeutig nicht mein eigenes Bett. Dazu sah alles viel zu sehr nach Krankenhaus aus.

»Er kommt zu sich«, sagte Franka.

Ich hatte fürchterliche Kopfschmerzen, einen unanständigen Geschmack im Mund und einen dicken Frosch im Hals. Ich räusperte mich ausgiebig. »Das Leben nach dem Tod habe ich mir anders vorgestellt.«

»Red keinen Scheiß!«, sagte Stürzenbecher beinahe gutmütig. »Du hast nur ein paar K.-o.-Tropfen geschluckt. Morgen früh bist du wieder fit.«

»Wer ...«

»Es muss in diesem chinesischen Fraß gewesen sein. Das Labor hat Spuren des Betäubungsmittels in der Pappschachtel gefunden, die auf dem Beifahrersitz lag. Ich habe dafür gesorgt, dass der Laden dichtgemacht und gründlich untersucht wird.«

»Quatsch«, protestierte ich. »Erstens ist das Essen vietnamesisch und zweitens würde Kim Oanh so etwas nie tun.«

»Kim Oanh?«, fragten Franka und Stürzenbecher gleichzeitig.

»Die Besitzerin«, erklärte ich. »Es war der Pfarrer, ich habe ihn gesehen.«

»Na klar«, grinste der Hauptkommissar. »Pfarrer Brockhage hat dich ja auch gefunden. Er hat den Notarzt gerufen.«

»Die Kentrup und der Pfarrer arbeiten zusammen. Ich habe die Kentrup beschattet, das hat die beiden nervös gemacht.«

»Und warum hat er sich mit einem Betäubungsmittel begnügt? Gift wäre doch viel effektiver gewesen.«

»Es sollte wahrscheinlich nur eine Warnung sein.«

»Du halluzinierst, Wilsberg«, stellte Stürzenbecher fest.

»Du musst dir die beiden vornehmen!«, beharrte ich.

»Ich werde mich nicht mit der katholischen Kirche anlegen«, erklärte er kategorisch. »Das hat seit den Wiedertäufern keiner mehr versucht und ich werde nicht der Erste sein.«

Ich richtete mich auf, doch sofort wurde mir wieder schummrig.

»Bleib liegen!«, befahl Franka sanft. »Du musst dich ausruhen.«

Das war wohl die Rache für meine Strenge vom Vorabend.

»Eine Kopfschmerztablette!«, bettelte ich.

Franka griff nach einem Döschen, das sich irgendwo in der Nähe meines Kopfes befand, und drückte mir nacheinander eine Pille und ein Glas Wasser in die Hand.

Kurze Zeit später fühlte ich mich wieder im Teilbesitz meiner geistigen Kräfte.

»Jessica Wiedemann ist in der Praxis von Doktor Thalheim an eine Information gekommen, die sie für jemanden zu einer Gefahr werden ließ«, setzte ich meine Ausführungen fort. »Deshalb ist sie umgebracht worden.«

»Möglich«, sagte Stürzenbecher.

Ich schaute ihn an. »Was hast du gesagt?«

Er verzog das Gesicht. »Ich bin nicht so borniert, wie du vielleicht denkst. Solange wir kein Geständnis von Rainer Wiedemann haben oder ihm den Mord wasserdicht nachweisen können, ermittle ich in alle Richtungen. Aber was hast du mir konkret anzubieten?«

»Helga Dickmöller und die drei anderen Frauen«, schlug ich vor. »Wir müssen wissen, woran sie gestorben sind.«

»Wieso?«

»Mal angenommen, die Frauen sind tatsächlich ermordet worden. Jessica Wiedemann könnte es herausgefunden haben.«

»Wie?«

»Weiß ich nicht.«

»Und warum hat sie sich dann nicht an die Polizei gewandt?«

»Weiß ich auch nicht.«

»Was weißt du überhaupt?«

»Dass wir einen erheblichen Schritt weiterkämen, wenn du die Leichen ausgraben lassen würdest.«

»Okay, ich werde es versuchen«, lenkte der Hauptkommissar ein. »Ich werde mit dem Staatsanwalt reden und eine Exhumierung vorschlagen. Das ist alles, was ich versprechen kann.«

Ein paar Stunden später brachte Franka mich ins Kreuzviertel zurück. Ich fühlte mich noch etwas wacklig auf den Beinen und quälte mich wie ein Greis die Treppe hinauf. Allerdings war ich auch zu stolz, um Frankas Hilfe anzunehmen.

Meine Pulsfrequenz hatte sich gerade beruhigt, als das Telefon klingelte. Franka nahm ab, schüttelte verdutzt den Kopf und reichte mir den Hörer: »Für dich. Klingt wie ein Automat.«

»Ja?«, fragte ich in die Sprechmuschel.

Er benutzte einen Stimmverzerrer: »Das war nur ein Vorgeschmack, Wilsberg.«

»Was wollen Sie?«

»Dass du dich raushältst. Sonst wachst du beim nächsten Mal nicht mehr auf.«

»Lecken Sie mich!«

Sein metallisches Lachen klang wie eine kaputte Espressomaschine.

»Was war das?«, fragte Franka.

»Ich schätze, das war eine Morddrohung. Das bedeutet, dass wir auf der richtigen Spur sind. Fragt sich nur, wie die aussieht.«

Ich ging zum Fenster und suchte die Straße nach silbernen Audis und roten Volvos ab.

Franka trat neben mich. »Meinst du, er ist da draußen?«

»Findest du es nicht merkwürdig, dass er angerufen hat, als wir gerade hereinkamen? Ein zu gutes Timing für einen Zufall.«

»Vielleicht sollte ich die Kentrup beschatten?«, schlug Franka vor.

»Auf keinen Fall«, widersprach ich. »Wir haben schon genug Verluste zu beklagen.«

»Aber ...«

»Kein Aber. Falls sie mit dem Typen, der mich angerufen hat, unter einer Decke steckt, ist sie ohnehin gewarnt. Nein, wir müssen uns etwas anderes überlegen.«

Franka verdrehte die Augen. »Hat der Meisterdetektiv auch einen Vorschlag?«

»Klar«, grinste ich. »Du hast deinen Job von gestern noch nicht komplett erledigt. Du weißt schon, die Liste mit den Namen, die ich aus Kentrups Notizbuch abgeschrieben habe. Achte besonders auf alte, allein stehende Frauen!«

»Wie langweilig«, beschwerte sich Franka. »Das ist reine Fleißarbeit.«

»Keineswegs.« Ich setzte mich. In mir reifte der Ansatz eines Plans.

Bis zum nächsten Morgen hatte Franka vierzehn allein lebende, in Sankt Mauritz wohnende Frauen über siebzig herausgefiltert. Die Software, die sie dazu benutzte, war, abgesehen vom Telefonverzeichnis der Stadt Münster, hochgradig illegal. Ich hatte sie mal für viel Geld im Hinterzimmer eines kleinen Ladens in Den Haag gekauft, eine Geheimadresse, die unter deutschen Privatdetektiven kursierte. Seitdem wusste ich, dass der gläserne Bürger längst existierte.

»Stufe zwei des Plans«, verkündete ich meiner Mitarbeiterin, »du rufst die vierzehn Frauen an. Sag ihnen, du seist Susanne Klotz, die Nichte von Helga Dickmöller, und hättest ihren Namen in einem Notizbuch gefunden. Wenn sie darauf eingehen, erzählst du ihnen, du würdest die Kentrup verdächtigen, Tante Helga bestohlen zu haben. Dann versuchst du, ein Treffen zu vereinbaren.«

»Und was soll das bringen?«, fragte Franka skeptisch.

»Wir brauchen eine Frau, die mit uns zusammenarbeitet. Wir müssen der Kentrup eine Falle stellen. Das ist die beste, sauberste und schnellste Lösung.«

»Was Leichteres ist dir wohl nicht eingefallen?«, murrte Franka.

Sie begann zu telefonieren, ich hörte über den Lautsprecher mit. Von den ersten acht Frauen nahmen zwei nicht ab, vier hatten Helga Dickmöller nicht gekannt, die restlichen zwei hatten den Kontakt mit Kentrup abgebrochen, nachdem das Gerede vom Todesengel aufgekommen war. Die neunte hielt Agnes, wie sie die Kentrup nannte, für die ehrenwerteste Frau zwischen Münster und Telgte.

Ich sah unsere Felle davonschwimmen. Franka fluchte und wählte die zehnte Nummer. Margret Reimers meldete sich.

Franka sagte ihren Spruch auf. Dann herrschte Schweigen.

»Sind Sie noch da?«, fragte Franka.

»Ja, ich bin noch da. Ich habe Helga gut gekannt.«

Ich signalisierte Franka mit gereckten Daumen, dass wir auf der Siegerstraße waren.

»Und ich habe auch mitbekommen, was man sich über Frau Kentrup erzählt«, fuhr Reimers fort. »Ehrlich gesagt, fühle ich mich seitdem in ihrer Gegenwart unwohl. Wenn ich nicht auf Hilfe angewiesen wäre …«

»Wir würden Sie gerne besuchen«, sagte Franka freundlich.

Margret Reimers war sofort alarmiert: »Was meinen Sie mit ›wir‹?«

»Mein Freund und ich«, soufflierte ich.

Reimers überlegte lange. »Also gut. Sagen wir: in einer Stunde.«

Um eventuelle Verfolger abzuschütteln, ging ich durch den Keller zum Hinterausgang des Hauses, schlug mich durch den verwilderten Garten, kletterte über den Gartenzaun und lief die Promenade entlang bis zum Buddenturm, wo Franka in ihrem Wagen auf mich wartete.

Margret Reimers war nicht allein. Als sie, gestützt auf eine Krücke, vor uns her ins Wohnzimmer humpelte, saß dort ein tadellos gekleideter, etwa siebzigjähriger Mann.

»Das ist Herr Krolow«, stellte Reimers vor. »Er war bei der Bundeswehr.«

Krolow stand schneidig auf. »Oberstleutnant a. D., angenehm.«

Nachdem wir uns gegenseitig angelogen hatten, wie sehr wir uns freuen würden, saßen wir im Kreis und lächelten tapfer gegen die Spannung an, die in der Luft lag.

Margret Reimers ergriff als Erste das Wort: »Ich habe Herrn Krolow gebeten, bei unserem Gespräch dabei zu sein, weil ich nicht weiß, was ich von dem Ganzen halten soll. Man hört so viel über Diebe und Betrüger, die sich unter einem Vorwand Eintritt in Wohnungen verschaffen. Und ich bin eine alte, wehrlose Frau. Da kann ein bisschen Rückendeckung nicht schaden.«

Oberstleutnant a. D. Krolow lächelte, als hätte er Rekruten beim unerlaubten Verlassen des Kasernengeländes erwischt.

»Das war sehr vernünftig von Ihnen«, entschied ich mich für die Wahrheit. »Wir haben Sie nämlich belogen.«

Reimers schien nicht überrascht. »Die junge Dame ist nicht Susanne Klotz, nicht wahr?«

»Nein. Sie heißt Franka Holtgreve und ist meine Assistentin.«

Ich sagte ihnen, wer ich war, erzählte von meinem Auftrag und den Verwicklungen, die sich daraus ergeben hatten. Je länger ich redete, desto verblüffter hörten mir Reimers und Krolow zu.

»Das ist ja eine wilde Geschichte«, bemerkte der Oberstleutnant.

»Und wieso kommen Sie damit zu mir?«, fragte Reimers.

»Ich möchte Sie um Ihre Hilfe bitten«, sagte ich. »Selbstverständlich hätte ich vollstes Verständnis, wenn Sie nein sagen. Das, was ich Ihnen vorschlagen will, ist nicht ganz ungefährlich.«

»Ich bin nicht besonders ängstlich, junger Mann.« Reimers klopfte mit ihrer Krücke auf den Boden. »Wenn ich dazu beitragen kann, dass diese Morde aufhören, bin ich dabei. In meinem Alter hat man nicht mehr viele Gelegenheiten, etwas Sinnvolles zu tun.«

»Ich hatte gehofft, dass Sie das sagen würden.«

»Reden Sie nicht drum herum! Um was geht es?«

Ich erklärte ihr meinen Plan.

»Und Sie glauben, dass das klappt?«, fragte Reimers.

»Ich habe keine Ahnung«, gab ich zu.

»Sie wollen sich doch wohl nicht darauf einlassen?«, wandte sich Krolow an die alte Frau. »Das Risiko erscheint mir viel zu groß.«

»Ach was«, wischte Reimers den Einwand beiseite,

»mein nächster Sturz kann schon der letzte sein. Jede Treppe ist für mich ein Risiko.«

Die Aussicht auf ein Abenteuer weckte neue Lebensgeister. Ihr Gesicht war in den letzten Minuten um zehn Jahre jünger geworden.

»Wir werden versuchen, das Risiko so gering wie möglich zu halten«, versprach ich. »Franka oder ich werden immer in der Nähe sein, um notfalls einzugreifen.«

»Ich könnte in den nächsten Tagen bei Ihnen übernachten«, bot Franka an.

»Selbstverständlich wäre ich dazu auch bereit«, sagte Krolow. »Wenn Sie schon unbedingt mitmachen wollen.«

Margret Reimers lachte. »Das ist ja toll. Seit dem Tod meines Mannes hat niemand mehr bei mir übernachtet. Und jetzt kann ich mir sogar aussuchen, wen ich haben will.«

Die nächste Stufe des Plans bestand aus einem Telefonanruf beim Todesengel. Reimers bat die Kentrup, sie möglichst bald zu besuchen.

Als Kentrup eine halbe Stunde später das Wohnzimmer betrat, standen Krolow, Franka und ich hinter der angelehnten Tür des Nebenzimmers und lauschten der Unterhaltung.

Margret Reimers hatte sich wieder in eine leidende, hinfällige Alte verwandelt: »Könnten Sie am Montagmorgen für mich zu Doktor Thalheim gehen? Ich brauche dringend Medikamente und schaffe es einfach nicht selbst. Ich rufe in der Praxis an und sage Bescheid.«

»Aber das mache ich doch gerne.« Kentrups Stimme klang etwas ungeduldig. »Das hätten Sie mir ruhig am Telefon sagen können.«

»Da ist noch etwas anderes, das ich mit Ihnen persönlich besprechen will«, sagte Reimers. »Letzte Nacht, als ich nicht schlafen konnte …«

»Warum nehmen Sie denn keine Schlaftablette?«, tadelte Kentrup.

»Ach, manchmal denke ich ganz gerne nach. Und ich bin zu einem Entschluss gekommen.«

»So?« Kentrup wurde merklich interessierter.

»Wissen Sie, ich habe nicht mehr viele Jahre, vielleicht nicht mal eins.«

»Sagen Sie doch nicht so etwas!«

»Ich habe einiges gespart und möchte es für einen guten Zweck spenden. Wer weiß, vielleicht zahlt sich das ja aus, wenn ich da oben bin. Und weil Sie so einen guten Draht zu Pfarrer Brockhage haben, dachte ich, Sie könnten mal mit ihm darüber reden. Das Geld soll ja nicht in falsche Hände kommen.«

»Um wie viel geht es denn?«, fragte Kentrup.

»Ein paar tausend Mark sind schon zusammengekommen. Und die müssen weg, bevor der Euro eingeführt wird.«

»Sie haben das Geld doch nicht etwa im Haus?«

»Ich weiß, das ist unvernünftig. Aber diese komplizierten Formulare bei der Bank ...«

»Ich werde Pfarrer Brockhage um Rat bitten«, versprach Kentrup. »So eine Entscheidung will gut überlegt sein. Auf jeden Fall sollten Sie nichts Voreiliges tun und dem Nächstbesten das Geld in die Hand drücken. Auf ein paar Tage mehr oder weniger kommt es bestimmt nicht an.«

»Sie sind ein Engel«, sagte Reimers mit einer Ironie, die für uns Zuhörer gedacht war.

Franka und Krolow hatten sich darauf geeinigt, abwechselnd Wache zu schieben, und Franka hatte die erste Schicht übernommen. Zum Abschied hatte der Oberstleutnant eine Mauser erwähnt, die bei ihm zu Hause liege und vielleicht gute Dienste leisten könne. Ich hoffte für ihn und für uns, dass er nicht zu früh das Feuer eröffnen würde.

Auf dem Rückweg kam ich an Kim Oanhs Imbiss vorbei. An der Tür hing ein weißes Schild. Anscheinend hatte sich Stürzenbecher von meinen Argumenten nicht beeindrucken lassen oder er hatte schlicht und einfach vergessen, seine Anweisung rückgängig zu machen.

Ich vollführte eine waghalsige Kehrtwendung auf der Mondstraße und hielt vor dem Laden. *Vorübergehend geschlossen* stand auf dem Schild. Ich lugte ins Innere und sah, dass in der Küche Licht brannte.

Nachdem ich ein paarmal geklopft hatte, wurde die Glastür aufgeschlossen.

»Sie?« Kim Oanhs Wangen glühten. »Ich dachte ...«

»Mir geht es gut«, sagte ich. »Man hat mich nur kurzfristig aus dem Verkehr gezogen. Und das lag bestimmt nicht an den gebratenen Nudeln.«

Sie atmete auf. »Da bin ich aber froh.«

Kim Oanh schloss die Tür hinter mir ab. Wir gingen durch die Küche in ein winziges Büro.

»Ich mache die Buchführung«, erklärte sie den Papierberg auf dem kleinen Schreibtisch. »Irgendwie muss ich die Zeit ja nutzen und es ist eine Menge liegen geblieben.«

»Hat die Polizei schon gesagt, wann Sie wieder öffnen dürfen?«

»Nein, die haben gemeint, das könnten sie frühestens in einer Woche entscheiden. Sie haben die Proben zur Analyse ans Landeskriminalamt geschickt.«

»So ein Blödsinn.« Ich zog mein Handy aus der Tasche und wählte Stürzenbechers Privatnummer.

Es dauerte eine Weile, bis er abnahm. »Wieso störst du mich am Samstag?«

»Und wieso ruiniert ihr das Geschäft von Tran Thi Kim Oanh?«

»Ist das die Chinesin?«

»Sie ist deutsche Staatsbürgerin vietnamesischer Abstammung.«

»Keine Spitzfindigkeiten«, knurrte Stürzenbecher. »Wer soll dir sonst das Betäubungsmittel ins Essen gekippt haben?«

»Nachdem ich die Hälfte der Nudeln gegessen hatte, bin ich ausgestiegen, um etwas zu überprüfen. Anscheinend hat der Täter die Gelegenheit genutzt. Er hat mich übrigens gestern Abend angerufen und mir eine Warnung zukommen lassen.«

»Aha.«

»Es gibt also keinen Grund, Kim Oanh weiter zu behelligen. Sie hat mit dem Anschlag nichts zu tun.«

»Ich werde mich Montag darum kümmern«, sagte Stürzenbecher. »Und wenn du mich dieses Wochenende noch mal anrufst, werde ich dich unter irgendeinem Vorwand verhaften lassen.«

XIV

Der Sonntag kam und ging. In Sankt Mauritz und im Kreuzviertel blieb es ruhig. Keine Anrufe, keine Attentate, auch für Verfolger gab es nichts zu tun, da ich mich nicht aus dem Haus bewegte. Franka hatte das Feld Oberstleutnant a. D. Krolow mit seiner Mauser überlassen und war zu ihrer Wohnung gefahren, um, wie sie sagte, sich mit jemandem zu verabreden, der garantiert nicht über Verbrechen reden würde. Ich lag auf der Couch im Wohnzimmer und sah zu, wie erwachsene Männer im Kreis fuhren und dabei auch noch Millionen verdienten. Die Welt war irgendwie ungerecht. Mit anderen Worten: Wir warteten alle gespannt auf den Montag.

Am Montagmorgen nahm ich wieder den Hinterausgang durch den Keller und ließ mich von einem Taxi nach Sankt Mauritz bringen. Auch Franka hatte ihr vorübergehendes Desinteresse abgeschüttelt und war mit Eifer bei der Sache. Sie redete nicht über ihre Verabredung, aber mir schien es so, als würde ich einen Hauch von Pferd an ihr riechen.

Da mir Krolows Mauser nicht geheuer war, überredete ich den Oberstleutnant, sich in die Etappe zurückzuziehen. Nachdem ich ihm dreimal versichert hatte, dass wir zu zweit ohne weiteres in der Lage sein würden, die vermutlich unbewaffnete Frau Kentrup zu überwältigen, willigte er schließlich ein. Bei seiner Verabschiedung von Margret Reimers war nicht zu übersehen, dass die beiden einen anregenden Abend miteinander verbracht hatten.

Auch der Todesengel war früh auf den Beinen. Schon um zehn Uhr am Vormittag schellte es an der Tür und Kentrup erschien mit einem Plastikbeutel im Wohnzimmer. Diesmal hatten wir die Tür zum Nebenzimmer etwas weiter geöffnet, sodass Franka und ich die Szene auch visuell verfolgen konnten.

»Ich habe alles dabei«, verkündete Kentrup mit resoluter Fröhlichkeit.

Reimers bedankte sich und beglich die Rezeptgebühren.

»Von diesen hier sollen Sie sofort eine nehmen.« Kentrup griff in den Beutel, zog eine Tablettendose heraus und schraubte sie auf.

Ich hielt den Atem an. Wir hatten Margret Reimers eingeschärft, auf keinen Fall etwas zu essen, zu trinken oder einzunehmen, das Kentrup ihr anbieten würde.

Reimers reagierte gelassen. »Stellen Sie die Dose auf den Tisch! Ich werde die Tabletten gleich nehmen.«

»Sofort, hat der Doktor gesagt.« Kentrup fischte eine Tablette aus der Dose.

»Frau Kentrup«, sagte Reimers mit einer gewissen Schärfe, »ich bin noch nicht völlig senil. Ich werde die Tabletten schon nehmen, keine Sorge.«

»Wie Sie meinen.« Der Todesengel war eingeschnappt und knallte die Dose auf den Tisch.

»Darf ich Ihnen eine Tasse Kaffee anbieten?«, fragte Reimers, nun wieder freundlicher.

»Nein danke, ich habe noch ein paar andere Schäfchen, die meiner Hilfe bedürfen.« Eindeutig beleidigt leitete die Besucherin ihren Abgang ein.

Und damit ging diese Stufe meines Plans ziemlich undramatisch zu Ende.

Kaum hatte Kentrup die Wohnung verlassen, rief ich Stürzenbecher an.

Er war immer noch oder schon wieder gereizt. »Sag mal, hältst du mich für eine Außenstelle deines maroden Detektivbüros?«

»Franka kommt gleich mit einer Sammlung Pillen vorbei«, sagte ich kommentarlos. »Ich möchte, dass du die Dinger im Labor untersuchen lässt.«

»Und was sollen wir finden?«

»Gift.«

»Natürlich. Wie konnte ich auch so dumm fragen.«

»Ich kann dir jetzt nicht alle Einzelheiten erklären, aber ich glaube, dass ich die Kentrup an der Angel habe. Wenn sich bewahrheitet, was ich annehme, darfst du morgen eine Pressekonferenz geben und alle Lorbeeren alleine einheimsen. Ich verzichte auf den Ruhm und genieße in aller Stille meinen Triumph.«

Stürzenbecher lachte herzlos. »Ich wusste gar nicht, dass du so gestelzt reden kannst. Also gut, ich werde diese blöden Pillen untersuchen lassen.«

Ich nickte Franka zu. Sie machte sich mit der Tüte auf den Weg.

Die letzte Stufe meines Plans war die schwierigste und zugleich riskanteste. Sollte sich tatsächlich Gift in den Pillen finden, war das zwar ein schwer wiegendes Indiz, aber kein endgültiger Beweis für Kentrups Täterschaft. Kentrup und Doktor Thalheim konnten sich die Schuld gegenseitig zuschieben und – wenn sie es geschickt anstellten und ebensolche Anwälte hatten – sogar ungeschoren davonkommen. Deshalb wollte ich den Todesengel in einer eindeutigen Situation ertappen. Und dazu bedurfte es einer kleinen Schmierenkomödie.

Margret Reimers gab sich alle Mühe, wie eine Leiche auszusehen. Mithilfe der Theaterschminke, die Franka besorgt hatte, färbte sie ihr Gesicht und ihre Hände noch blutleerer, als sie ohnehin schon wirkten. Das Ergebnis war so gut, dass ich fast erschrak.

»Also«, sagte ich zu ihr, »denken Sie daran, Sie fühlen sich sehr schlecht, Sie sind kraftlos und können kaum reden.«

»Das kann ich mir besser vorstellen, als mir recht ist«, erwiderte die alte Frau grinsend.

Sie wählte Kentrups Nummer. »Frau Kentrup«, hauchte sie ins Telefon, »mir geht es gar nicht gut. Ich glaube, ich habe was Falsches gegessen.« Sie atmete hechelnd. »Ja, das wäre sehr lieb von Ihnen, wenn Sie vorbeikommen könnten.«

Sie legte auf. »Es hat geklappt. Der Geier ist im Anmarsch.«

»Das haben Sie großartig gespielt«, lobte ich sie. »Und jetzt müssen Sie sich ins Bett legen.«

»Wie soll sie denn in die Wohnung kommen?«

»Haben Sie ihr schon mal den Wohnungsschlüssel geliehen?«

»Ja, als ich im Krankenhaus war. Damit sie die Blumen gießen konnte.«

Ich schnippte mit den Fingern. »Wenn Kentrup die ist, für die ich sie halte, hat sie sich einen Nachschlüssel machen lassen.«

Wir gingen zusammen ins Schlafzimmer. Reimers legte sich ins Bett und sah mehr als tot aus.

»Und wenn sie meinen Puls fühlt?«

»Dann wird sie denken, dass Sie noch nicht ganz tot sind. Aber sie wird keine Zeit verlieren wollen.«

Ich dachte kurz daran, dass es noch eine andere Möglichkeit gab, aber ich wollte die alte Frau nicht erschrecken. Falls Kentrup versuchen würde, sie zu ersticken, musste ich eben rechtzeitig zur Stelle sein.

Es klingelte an der Tür.

»Nicht schlucken und die Augenlider ruhig halten!«, befahl ich und verdrückte mich ins Nebenzimmer.

Es klingelte ein zweites Mal. Dann drehte sich ein Schlüssel im Türschloss. Die Falle schnappte zu.

»Frau Reimers!«, rief Kentrup. Sie ging langsam durchs Wohnzimmer und schaute sich um.

»Frau Reimers!«, rief sie noch einmal. »Wo sind Sie?«

Ich hörte, wie sie an die Tür des Schlafzimmers klopfte. Was sie dort vorfand, schien sie nicht sonderlich zu überraschen, denn kurz darauf erschien sie wieder im Wohnzimmer. Jetzt legte Kentrup alle Zurückhaltung ab. Schränke wurden geöffnet und Schubladen aufgezogen.

Als Lockangebot hatten wir in der obersten Schublade der Kommode drei Hundertmarkscheine deponiert, beschwert durch eine kleine Spielzeugklingel. Der Ton der Klingel war das Zeichen für meinen Auftritt.

Kentrup zuckte zusammen, bewahrte aber die Fassung: »Was machen Sie hier?«

»Gegenfrage: Was machen Sie hier?«

»Frau Reimers hat mich angerufen. Es ging ihr nicht gut.«

»Und als erste Hilfe suchen Sie nach Geld?«

»Das ist ja unverschämt«, spielte sie Empörung. »Ich habe die Telefonnummer von Doktor Thalheim gesucht.«

Ich deutete auf ihre rechte Hand, in der sie die Hundertmarkscheine knüllte. »Was haben Sie denn da in der Hand?«

»Das geht Sie gar nichts an. Ich werde jetzt die Polizei anrufen.«

»Das ist eine gute Idee. Die wird sich sicher mit Ihnen unterhalten wollen.«

»Sie haben wohl gedacht, ich wäre tot«, sagte Margret Reimers von der Schlafzimmertür aus.

Der Anblick der weiß geschminkten Frau war zu viel für den Todesengel. Sie stieß einen Laut aus, den Pavarotti beim Ausrutschen auf einem Stück Seife in der Dusche nicht besser hingekriegt hätte, und klappte zusammen. Ich fing sie auf, bevor sie auf dem Fußboden landete.

»Sie geben also zu, dass Sie Helga Dickmöller bestohlen haben?«, stellte Stürzenbecher fest.

Wir saßen in einem Verhörraum des Polizeipräsidiums. Stürzenbecher hatte die Vorschriften großzügig ausgelegt und mir erlaubt, bei dem Verhör von Agnes Kentrup dabei zu sein. Angesichts der zu erwartenden Lösung des Falles, die ich ihm auf einem silbernen Tablett präsentiert hatte, hätte er meine Bitte auch schlecht ablehnen können.

»Sollte ihre Nichte Susanne das Geld bekommen?«, verteidigte sich Kentrup. »Die hätte das Geld doch nur für Drogen ausgegeben.«

»Und was war bei den anderen Frauen, die Sie betreut haben und die verstorben sind?«

»Na ja ...«

»Wir werden das alles genau nachprüfen, Frau Kentrup. Besser, Sie gestehen es gleich.«

»Bei der einen oder anderen habe ich schon was mitgenommen. Nicht alle hatten ja Geld im Haus. Und Schmuck und Wertsachen habe ich nicht angerührt. Das geht gegen meine Grundsätze«, erklärte sie allen Ernstes.

»Kommen Sie mir nicht mit Grundsätzen!«, fuhr ihr der Hauptkommissar in die Parade. »Der Diebstahl von Schmuck und Wertsachen wäre eher aufgefallen. Das war der einzige Grund.«

Kentrup kniff den Mund zusammen.

»Wie viele Frauen haben Sie bestohlen?«

»Ich weiß nicht genau, fünf oder sechs werden es wohl gewesen sein, vielleicht auch sieben. Sehen Sie, Sie verstehen das nicht.«

»Ich verstehe das sehr gut«, widersprach Stürzenbecher. »Es gehört zu meinem Job.«

Kentrup schüttelte den Kopf. »Diese Frauen haben allein gelebt. Ihre Angehörigen haben sich nicht um sie gekümmert. Mal ein Besuch zum Geburtstag oder zu Weihnachten, ein Anruf alle paar Wochen, das war alles. Ich war diejenige, die ihnen im Alltag geholfen hat, ich war immer für sie da. Ich habe Formulare ausgefüllt und bin zu Behörden gegangen, ich habe dafür gesorgt, dass sie eine Putzhilfe bekamen und alles andere, was sie brauchten. Und was habe ich dafür bekommen? Eine Tasse Kaffee und mal einen Zehn- oder Zwanzigmarkschein. Mehr war ich nicht wert. Das große Geld wurde für die raffgierige Verwandtschaft gespart, die keinen Finger gerührt hat. Ich habe mir nur genommen, was mir zustand, Herr Kommissar.«

Stürzenbecher nickte und sortierte seine Papiere. »Auf die anderen Frauen kommen wir später zurück.«

Er ließ sich Zeit. Ein sicheres Zeichen, dass er seinen nächsten Angriff vorbereitete.

»Reden wir noch einmal über Helga Dickmöller. War sie vor ihrem Tod krank?«

»Sie hatte eine Erkältung«, antwortete Kentrup.

Stürzenbecher runzelte die Stirn. »So? Eine Erkältung? Seit wann stirbt man an einer Erkältung?«

Sie wich aus: »In dem Alter hat man viele Krankheiten. Ich weiß nicht, woran sie gestorben ist. Das wird Ihnen doch Doktor Thalheim sagen können.«

»Aber sie ist ganz plötzlich gestorben. Stimmen Sie mir da zu?«

»Ja«, sagte Kentrup verwundert.

»Vor oder nachdem Sie sie gefunden haben?«

Das leise Surren des Aufnahmegerätes war deutlich zu hören.

»Was wollen Sie damit sagen, Herr Kommissar?«

»Ich will damit sagen, dass Sie beim Tod der armen, von ihrer Verwandtschaft verlassenen, allein stehenden Frauen nachgeholfen haben. Vielleicht, weil Sie das Elend nicht mehr mit ansehen konnten?«

»Aber … aber …«, Kentrup begann zu hyperventilieren.

»Hören Sie auf!«, fuhr Stürzenbecher sie an.

Es wirkte.

»Haben Sie Helga Dickmöller getötet? Ja oder nein?«

»Nein«, stammelte die Beschuldigte. »Ich habe niemanden umgebracht.«

»Hat Ihnen Doktor Thalheim dabei geholfen?«

»Doktor Thalheim ist ein hochanständiger Mann. Wie können Sie so etwas sagen?«

»Wie ist Helga Dickmöller gestorben?«

»Ich weiß es nicht.« Kentrups Augen füllten sich mit Tränen. »Hören Sie, Herr Kommissar, ich habe gestohlen, ja, das gebe ich zu. Aber die Frauen waren alle schon tot, als ich sie gefunden habe. Sie sind an irgendwelchen Krankheiten gestorben. Das müssen Sie mir glauben.«

Stürzenbecher wechselte das Thema: »Wie war das bei Margret Reimers? Ihr vermeintlicher Tod schien Sie nicht überrascht zu haben.«

Sie wischte sich die Tränen aus den Augen. »Sie hat mich angerufen und gesagt, dass es ihr schlecht gehe.«

»Nachdem Sie ihr die Pillen gebracht hatten.«

Kentrups Stimme bebte: »Frau Reimers hat mich selbst darum gebeten.«

»Hat Ihnen Doktor Thalheim die Tabletten gegeben?«

»Nein, die sind aus der Apotheke.«

»Und Sie haben die Packung so abgeliefert, wie Sie sie bekommen haben?«

»Ja, natürlich.«

»Wissen Sie, wie man Sie in Sankt Mauritz nennt?«

Kentrup schluckte. »Ich habe davon gehört.«

Stürzenbecher sagte es ganz langsam: »Todesengel.«

»Das ist dummes Gerede.«

»Wie kommt es dann, dass in den letzten zwölf Monaten vier der von Ihnen betreuten Frauen gestorben sind?«

»Das ist ein Zufall.«

»Ich glaube nicht an Zufälle«, erwiderte der Hauptkommissar kalt.

»Bitte, Herr Kommissar!«, heulte Kentrup auf. »Ich bin doch keine Mörderin.«

»Und wie war das bei Jessica Wiedemann?«

»Jessica Wiedemann?« Sie schniefte. »Wieso Jessica Wiedemann?«

»Ist Ihnen Jessica Wiedemann nicht auf die Schliche gekommen?«

»Nein, ich habe nie ...«

»Hat Jessica Sie nicht zur Rede gestellt?«

»Nein ...«

»Und musste Jessica deswegen nicht sterben?«

Kentrup gab den schon bekannten Laut von sich und zeigte uns das Weiße ihrer Augen. Zeitgleich klopfte es an der Tür und einer von Stürzenbechers Untergebenen kam herein. »Da ist ...« Er schaute zu Kentrup.

»Holen Sie einen Arzt!«, sagte Stürzenbecher sachlich. »Was gibt es denn?«

»Der Laborbericht ist gekommen.«

»Schön.« Er stand auf und nahm dem Mann das Papier aus der Hand. »Und passen Sie auf, dass sie nicht wegläuft.«

Der Untergebene zischte konsterniert: »In ihrem Zustand dürfte das wohl schwer fallen.«

Ich folgte dem Hauptkommissar zu seinem Büro.

Gemeinsam lasen wir den Laborbericht. Dann waren wir ratlos.

»Kein Gift, keine schädliche Beimischung, keine Überdosierung«, fasste Stürzenbecher zusammen.

»Wahrscheinlich ist Thalheim vorsichtig geworden«, bemühte ich mich um eine Erklärung. »Er hat ja mitbekommen, dass da eine Untersuchung läuft. Du solltest seine Praxis durchsuchen, bevor er alle Beweise beseitigen kann. Falls er es nicht schon getan hat.«

»Mit welcher Begründung?«, fragte Stürzenbecher zurück.

»Du hast selbst gesagt …«

»Ja, ich habe gesagt, dass ich nicht an Zufälle glaube. Trotzdem ist nicht auszuschließen, dass die alten Frauen eines natürlichen Todes gestorben sind. Warum sollte Thalheim überhaupt mit der Kentrup zusammenarbeiten? Glaubst du, in seiner Position ist er darauf angewiesen, sich mit ihr ein paar tausend Mark zu teilen. Mein Gott, Wilsberg, der Mann besitzt eine gut gehende Praxis.«

Das war ein Punkt für ihn.

»Aber Jessica …«

»Jessica, Jessica«, brummte Stürzenbecher ärgerlich. »Bis jetzt habe ich nur eine Diebin. Deine Theorie, das alles miteinander zusammenhängt, ist reines Wunschdenken. Warten wir ab, ob die Gerichtsmediziner etwas finden. Die Exhumierung der vier Frauenleichen ist für morgen angesetzt.«

XV

Der Friedhof war mit rot-weißem Band abgesperrt, zusätzlich hielten uniformierte Polizisten die anwachsende Gruppe der Schaulustigen und die um ihren täglichen Friedhofsbesuch bangenden Witwen in Schach. Ich musste warten, bis Stürzenbecher zum Eingang kam, bevor ich mit seinem Segen den Friedhof betreten durfte.

Die Stimmung des Hauptkommissars war gedämpft. »Ich hoffe bloß, dass die Rechtsmediziner was finden. Die Sache wirbelt eine Menge Staub auf. Pfarrer Brockhage hat sich offiziell bei der Staatsanwaltschaft beschwert. Und der Oberstaatsanwalt hat kalte Füße bekommen. Er hat mächtig Schiss vor einem neuen Skandal. Schließlich hat sich die münstersche Staatsanwaltschaft in den letzten Jahren nicht mit Ruhm bekleckert.«

»Sie werden schon was finden«, sagte ich mit übertriebener Zuversicht.

»Zum Glück haben wir wenigstens die Kentrup. Das rechtfertigt den Verdacht auf Tötungsdelikte. Trotzdem werden die mich einen Kopf kürzer machen, wenn die Frauen eines natürlichen Todes gestorben sind.« Stürzenbecher grunzte. »Na ja, die paar Jahre bis zur Pensionierung sitz ich noch ab.«

Ich wollte etwas Aufmunterndes sagen, aber mir fiel gerade nichts ein.

Die Grabungsstellen waren mit Sichtblenden abgeschirmt, hinter denen Friedhofsarbeiter die Erde aushoben. Pfarrer Brockhage stand zwischen den Gräbern und warf mir einen kurzen, ausgesprochen unfreundlichen Blick zu. Einige Herren mit goldgeränderten Brillen, die nervös an Zigaretten sogen, sahen nach Staatsanwaltschaft aus.

Als wäre die Atmosphäre noch nicht trist genug, setzte ein leichter Nieselregen ein. Ich entdeckte Professor Celenius, der sich ein wenig abseits postiert hatte.

Dem Professor schien das alles nichts auszumachen. »Meinen Glückwunsch!«, sagte er fröhlich. »Ihre Hartnäckigkeit hat sich also ausgezahlt.«

»Abwarten«, sagte ich skeptisch. Stürzenbechers Kleinmut hatte mich angesteckt.

»Wir werden unser Bestes tun«, versprach Celenius. »Wie ich schon sagte, mit Exhumierungen haben wir unsere Erfahrungen.«

»Was können Sie denn nach so langer Zeit noch feststellen?«

»Äußere Gewaltanwendung zu fast hundert Prozent. Schwieriger wird es bei Giften. Die haben ein unterschiedliches Verfallsdatum. Einige sind schon nach Tagen abgebaut, andere sind post mortem jahrelang nachweisbar.«

»Wie tröstlich, ich tippe nämlich eher auf Gift.«

»Dann können wir nur hoffen, dass der oder die Täter sich nicht so gut auskennen.«

»Davon kann man bei einem Arzt wohl kaum ausgehen«, bemerkte ich bekümmert.

»Ach ja, richtig«, sagte Celenius. »Sie glauben ja, dass dieser Arzt beteiligt ist.«

»Eben.«

Ein Sarg wurde aus einem Grab gehoben und in einen Leichenwagen verfrachtet.

Der Professor ließ mich stehen. »Morgen wissen wir mehr. Ich kümmere mich mal um meine Patientin.«

Ich schlenderte zu Stürzenbecher, der mit finsterem Gesicht das Geschehen verfolgte.

»Mir ist da noch was eingefallen«, begann ich.

»Verschon mich bloß mit deinen Ideen«, knurrte der Hauptkommissar.

»Hör doch erst mal zu! Also, angenommen, Jessica Wiedemann hat in der Praxis von Doktor Thalheim etwas erfahren oder entdeckt, das den Arzt belasten könnte. Dann wäre es doch möglich, dass sie das Material mit nach Hause genommen hat.«

Stürzenbecher schaute mich an. »Das wäre uns aufgefallen, als wir die Wohnung durchsucht haben. Oder der Mörder hat es mitgenommen.«

»Wir leben im digitalen Zeitalter. Haben die Wiedemanns keinen Computer?«

»Doch. Aber der funktioniert nicht.«

»Wieso?«

»Bin ich Computerexperte?«, gab Stürzenbecher zurück. »Das Ding macht keinen Mucks. Mehr weiß ich nicht.«

Ich ging ein Stück zur Seite und rief Rechtsanwalt Kachelpöhler an.

»Können Sie Rainer Wiedemann fragen, seit wann sein Computer nicht mehr funktioniert?«

»Ich bin doch nicht Ihr Laufbursche«, blaffte der schwergewichtige Anwalt.

»Sie müssen es ja nicht selbst tun, schicken Sie jemanden hin«, schlug ich vor. »Es ist wichtig. Sonst würde ich nicht anrufen.«

»Was treiben Sie eigentlich?«, fragte er misstrauisch. »Ihr zweiter Bericht ist längst überfällig.«

Ich ließ meinen Blick über den Friedhof schweifen. »Ich sehe zu, wie vier Leichen ausgegraben werden.«

»Das hat hoffentlich etwas mit unserem Fall zu tun.«

»Eine der Leichen ist die von Helga Dickmöller, Jessicas Tante. Falls Helga Dickmöller ermordet worden ist, wie ich vermute, führt eine hell erleuchtete Einbahnstraße direkt zum Mörder von Jessica.«

»Sie klingen wie ein Wanderprediger, der sich selbst überzeugen muss«, höhnte Kachelpöhler. »Damit wir uns richtig verstehen, Wilsberg: Sie kosten uns eine Menge Geld. Wenn Sie nicht bald Resultate liefern, werde ich meinem Mandanten raten, die Zusammenarbeit zu beenden.«

»Uns?«, echote ich. »Seit wann bezahlen Sie mich aus der eigenen Tasche?«

»Mein Mandant ist kein Millionär und momentan in einer psychisch labilen Verfassung. Als sein Rechtsanwalt trage ich eine gewisse Verantwortung.«

»Beschaffen Sie mir die gewünschte Information, dann liefere ich Ihnen Resultate.«

Ich beendete das Gespräch. Wieso schaffte es Kachelpöhler immer wieder, mich auf die Palme zu bringen? Vielleicht lag das an der Vorstellung, dass ich mich genauso anhören würde, wenn man mir die Rechtsanwaltslizenz nicht entzogen hätte.

Franka saß im Büro und jagte Monster. »Wie war's?«

»Die Leichen waren noch da.«

»Sehr witzig.«

»Wie soll so eine Exhumierung denn sein?«, fragte ich zurück. »Außer für Leute mit einer sehr speziellen Perversion eine ziemlich trostlose Veranstaltung.«

»Bist du blöd!«, kommentierte Franka. »Ich meine, ob sich irgendwas Neues ergeben hat?«

»Nein, abgesehen davon, dass Stürzenbecher und der Staatsanwalt Muffensausen gekriegt haben, weil ihnen Pfarrer Brockhage Druck macht. Alle Hoffnung ruht jetzt auf Professor Celenius. Sonst stehen wir mit leeren Händen da und können ganz von vorne anfangen. Das heißt, können wir nicht, weil Kachelpöhler, der Rechtsvertreter unseres Klienten, mit der Beendigung des Vertragsverhältnisses droht.«

»Kachelpöhler hat übrigens angerufen«, sagte Franka.

»Und?«

»Der Computer habe immer einwandfrei funktioniert. Allerdings habe ihn Rainer Wiedemann seit dem Tod von Jessica nicht mehr benutzt.«

Eines musste man Kachelpöhler trotz seiner schlechten Umgangsformen lassen: Er war zuverlässig.

»Interessant«, sagte ich.

»Wieso?«

»Das bedeutet, dass der Mörder von Jessica dasselbe gesucht hat wie ich.«

Nachdem ich hastig einen oberflächlichen Bericht gezimmert hatte, fuhr ich zur Praxis von Kachelpöhler. Wie schon am Morgen, auf dem Weg zum Friedhof, verzichtete ich auf jegliche Täuschungsmanöver. Schließlich sollte mein Verfolger nicht vor Langeweile sterben. Natürlich schaute ich häufiger als üblich in den Rückspiegel. Doch entweder hatte er seinen freien Tag oder er verstand wirklich was vom Geschäft.

Bei Kachelpöhler tauschte ich den Bericht gegen den Hausschlüssel der Wiedemanns und fuhr weiter nach Sankt Mauritz.

Auf dem Schloss der Wohnungstür klebte noch das Siegel der Polizei, aber wahrscheinlich nur, weil sich niemand die Mühe gemacht hatte, es zu entfernen.

Ich schloss die Tür auf und trat ins Innere. Die Luft war so abgestanden wie die Essensreste in der Küche einer Männer-WG, die sich nicht auf einen Spülplan einigen kann. Ich riss ein Fenster auf, um ein bisschen Sauerstoff atmen zu können.

Der Computer stand in einem spartanisch eingerichteten Raum, den junge Familien alibimäßig Arbeitszimmer nennen, bevor ihn das erste Kind seiner eigentlichen Bestimmung zuführt. Bei den Wiedemanns hatte es dieses Kind nie gegeben, aber die spartanische Einrichtung war geblieben.

Ich kontrollierte, ob der Computer richtig angeschlossen war, und schaltete ihn ein. Er tat, wie es Stürzenbecher ausgedrückt hatte, keinen Mucks. Nach einigem Suchen fand ich einen Schraubenzieher, mit dem ich das Gehäuse aufschraubte. Dann wusste ich, warum der Computer nicht funktionierte: Jemand hatte die Festplatte mitgenommen.

Später, zurück im Büro, wählte ich die Nummer einer kunstbegeisterten Frau, die den falschen Mann geheiratet hatte. Und ich hatte Glück: Steffi Kleinschmidt nahm selbst ab.

»Hallo, Frau Kleinschmidt, erinnern Sie sich noch an mich? Ich bin der Detektiv, der Sie besucht hat.«

»Wer ist denn dran?«, rief Berthold Kleinschmidt im Hintergrund.

»Ich glaube, Sie haben die falsche Nummer gewählt«, sagte Steffi.

»Das macht nichts. Ich würde Sie gern noch einmal treffen. Bauen Sie einfach ein Ja in den Satz ein, wenn Sie einverstanden sind. Der Rest ist egal.«

»Ja, wie ich schon sagte …«

»Wer ist es denn?«, fragte Berthold, langsam näher kommend.

»Sagen wir morgen, dreizehn Uhr? Bei *Kannengießer* am Prinzipalmarkt? Gleiches Verfahren wie eben.«

»Ja, da kann ich Ihnen auch nicht helfen«, sagte Steffi.

»Und warum redest du die ganze Zeit mit ihm?«, fragte Berthold.

Steffi Kleinschmidt legte auf.

»War das die Frau von dem Anlageberater?«, fragte Franka, beinahe genauso misstrauisch wie Berthold Kleinschmidt.

»Ja, und außerdem die beste Freundin von Jessica Wiedemann.«

Ich schaute mich um und dachte einen Moment darüber nach, ob wohl eine Wanze im Büro versteckt war. Aber wahrscheinlich verursachten Leute wie Berthold Kleinschmidt zwangsläufig eine Paranoia.

XVI

Münsters Zeiten als Weltstadt lagen lange zurück. Vor mehr als dreihundertfünfzig Jahren war in der Hauptstadt des gleichnamigen Fürstbistums Geschichte geschrieben worden, als Gesandte aus allen Ländern Europas die Einwohnerzahl des Zehntausend-Seelen-Städtchens verdoppelten und in jahrelangen Konferenzen und Briefwechseln den *Westfälischen Frieden* aushandelten. Später, nachdem Napoleon den katholischen Bischof abgesetzt und dafür sein Waterloo erlebt hatte, kam unverhofft der zweite Aufstieg. Die Preußen, deren Marschall Blücher in der münsterschen Freimaurerloge *Zu den drey Balken* den ersten Hammer führte, machten Münster zur Hauptstadt ihrer Provinz Westfalen. Als letzte Zuckung dieses Glanzes schmückte sich die Stadt an der Aa bis in die Gegenwart mit dem etwas hausbackenen und doppelsinnigen Titel Provinzmetropole.

Für die vielen Kleinstädte des Münsterlandes blieb Münster tatsächlich der Nabel der Welt, und dass gesichtslose, urbane Konglomerate wie Dortmund, Bochum oder Bielefeld, was die Einwohnerzahl anging, Münster längst überholt hatten, tat dem Selbstbewusstsein seiner Bürger keinen Abbruch. Genauer gesagt, jenem Teil der Bürger, der Politik und Geschäfte in elitären Klubs und verschwiegenen Vereinigungen abwickelte – oder in Gaststätten wie dem *Kannengießer*.

Das *Kannengießer* am Prinzipalmarkt stammte aus der glorreicheren Zeit der Stadtgeschichte. 1880 eröffnet, hatte es den Kulturkampf und zwei Weltkriege überlebt. In seinem Inneren dominierte schwarze Eiche, und Buntglasfenster sorgten dafür, dass das gemeine Volk nicht hineinschauen konnte.

Steffi Kleinschmidt saß in einer kleinen Nische und rührte in einem Teeglas. Ansonsten war sie genauso beeindruckend, wie ich sie in Erinnerung hatte.

»Hier war ich schon lange nicht mehr«, sagte sie, nachdem wir uns begrüßt hatten.

»Ich auch nicht.«

Eine Kellnerin reichte mir eine umfangreiche Sammlung von Karten, die ich mit dem schlichten Wunsch nach einem Kaffee zurückwies.

»Bei Ihnen hätte ich eher auf eines der neuen italienischen Cafés getippt.«

Ich deutete auf das Buntglasfenster. »Hier ist man ungestört.«

Sie lächelte spöttisch. »Haben Sie das nötig?«

»Manchmal schon.« Ich wollte sie nicht damit beunruhigen, dass mein Verfolger draußen herumlungern konnte, obwohl ich ihn nicht bemerkt hatte.

Sie nickte. »Und was gibt es Konspiratives zu besprechen?«

»Die Frage, was Jessica aus Doktor Thalheims Praxis gestohlen hat.«

Sie seufzte. »Da kann ich Ihnen nicht helfen. Es würde mich auch wundern, wenn Jessica etwas gestohlen hätte.«

»Hat sie aber.«

»Davon weiß ich nichts.«

Die weiß geschürzte Kellnerin brachte meinen Kaffee.

»Frau Kleinschmidt, ich habe Ihren Namen gegenüber der Polizei nicht erwähnt. Und ich will auch in Zukunft versuchen, Sie aus allem herauszuhalten. Aber Sie müssen mir helfen. Es geht nicht allein um den Mord an Jessica. Gestern sind die Leichen von vier alten Frauen exhumiert worden. Alle waren bei Doktor Thalheim in Behandlung. Ich bin sicher, dass Jessica Informationen besaß, die Doktor Thalheim in Schwierigkeiten bringen könnten. Vielleicht hat sie Dateien aus der Praxis kopiert, vielleicht nur aufgeschrieben, was sie in Erfahrung gebracht hatte. Tatsache ist jedenfalls, dass der Mörder von Jessica die Festplatte ihres Computers mitgenommen hat.«

Steffi Kleinschmidts Lippen wurden schmal. »Wenn ich etwas darüber wüsste, wäre ich die Erste, die zur Polizei gehen würde, das können Sie mir glauben.«

»Ich glaube Ihnen ja«, beruhigte ich sie.

»Dann hören Sie auf, mich wie eine Verbrecherin zu behandeln! Ich bin nicht hierher gekommen, weil ich ein schlechtes Gewissen habe.«

Ich hob die Hände. »Okay, mein Fehler. Vergessen wir das Ganze.«

Die Luft über dem Tisch wurde wieder ein paar Grad wärmer.

Ich probierte es mit einem schüchternen Lächeln: »Friede?«

»Friede«, sagte sie und lächelte ebenfalls.

»Ich stochere ziemlich im Dunkeln«, gab ich kleinlaut zu. »Jeder Name, den Jessica mal erwähnt hat, jede Andeutung, die sie gemacht hat, könnte mir weiterhelfen.«

»Da gibt es tatsächlich etwas.« Sie wärmte ihre Hände am Teeglas. »Ich habe Ihnen beim letzten Mal nicht alles erzählt.«

Ich wartete.

Sie schaute mich an. »Die Wohnung, die Jessica gesucht hat – sie war für uns beide.«

Ich war verblüfft. »Sie wollen ...«

»Ich *wollte* Berthold verlassen, ja. Aber allein hatte ich nicht den Mut dazu. Denn es ist ja auch ein finanzielles Problem. Ich habe seit zehn Jahren nicht mehr in meinem Beruf gearbeitet und mit der Malerei verdiene ich kein Geld. Bis Scheidung und Unterhalt geregelt sind, das dauert. Bei Berthold kann ich nicht auf Verständnis hoffen und die Vorwürfe meiner Eltern, wenn ich bei ihnen um Asyl bitte, möchte ich mir nicht anhören.« Sie machte eine Pause. »Na ja, Jessi meinte, Geld sei kein Problem, sie könnte genug auftreiben.«

»Woher?«

»Das hat sie nicht gesagt.«

»Sie haben nicht gefragt?«

»Sie machte ein Geheimnis daraus. Und ich ...«, sie stockte, »... wollte es vielleicht nicht so genau wissen.«

»Glauben Sie, Jessica hat Doktor Thalheim erpresst?«

»Nach dem, was Sie sagen, nehme ich es an.«

»Könnte sie nicht beabsichtigt haben, Thalheims kriminelle Machenschaften aufzudecken?«

Steffi Kleinschmidt lächelte schal. »Dazu war Jessi nicht der Typ. Wenn sie etwas gegen Thalheim in der Hand hatte, wollte sie es zu ihrem eigenen Nutzen verwenden.«

Wenn.

»Du sollst Stürzenbecher anrufen«, sagte Franka, als ich ins Büro zurückkehrte. »Er klang ziemlich mies.«

Das war eine Untertreibung. Stürzenbecher sparte sich die Begrüßung, die Anrede und die Verabschiedung. Er bellte nur: »Komm sofort her!«

»Was ist los?«, fragte Franka.

»Sieht so aus, als würde etwas gewaltig dampfen. Etwas, das nicht gut aussieht und nicht gut riecht.«

Der Hauptkommissar schlug mit der flachen Hand auf die Papiere, die vor ihm ausgebreitet auf dem Schreibtisch lagen. »Wie stehe ich denn da? Wie ein Idiot. Wozu der ganze Aufwand? Vier Exhumierungen, vier Obduktionen, das sind mindestens zwanzigtausend Mark. Dazu die negative Presse und der Ärger mit den Angehörigen und der Kirche.«

»Was steht denn drin?«, fragte ich zaghaft.

»Nichts, absolut nichts.« Stürzenbecher klatschte erneut auf die Papiere. »Keine äußere Gewaltanwendung, kein Gift, keine auffälligen Organschädigungen, keine chemische Konzentration von irgendwas, kein gar nichts. Helga Dickmöller hatte offenbar eine Lungenentzündung, das ist alles.«

»Die Nachbarin sprach von einer harmlosen Erkältung.«

»Es war aber eine Lungenentzündung. Bei alten, geschwächten Menschen kann das tödlich enden.«

»Sie war nicht geschwächt.«

»Sie ist dran gestorben, Wilsberg. Aus, finito, Ende.«

»Und die anderen?«

»Was?«, fauchte Stürzenbecher.

»Sind die auch an Lungenentzündung gestorben?«

»Davon hat Celenius nichts geschrieben. Unter Umständen waren sie auch schon zu lange unter der Erde, um das feststellen zu können.«

Ich schnappte mir die Berichte und begann zu lesen.

»Warum habe ich mich nur bequatschen lassen?«, jammerte Stürzenbecher. »Ich hätte noch ein paar glückliche Jahre bis zur Pensionierung verleben können, ohne dass sich alle über mich lustig machen.«

»Da ist was«, sagte ich, nachdem ich die Berichte überflogen hatte.

»Hör auf!«

»Alle vier Frauen hatten Osteoporose.«

»Na und? Soweit ich weiß, ist das eine verbreitete Krankheit unter alten Frauen.«

»Findest du das nicht merkwürdig?«

Stürzenbecher schnaubte. »Bitte verwende dieses Wort in meiner Gegenwart nicht mehr! Ich bin deine Ahnungen und Vermutungen leid. Sie stehen mir bis hier.« Er zeigte mit der Handkante, bis wohin sie ihm standen.

»Und was ist mit dem Anschlag auf mich? Kentrup war's nicht, die habe ich nämlich beschattet. Wer war der Anrufer, der mich bedroht hat? Wer verfolgt mich?«

Stürzenbecher beugte sich vor. »Bei den dreien dürfte es sich vermutlich um ein und dieselbe Person handeln. Ich tippe mal auf einen Verwandten oder Freund der Kentrup. Wahrscheinlich hast du dich bei ihrer Beschattung so ungeschickt angestellt, dass sie dich bemerkt hat. Also hat sie jemanden gebeten, dir einen Schreck einzujagen. Das ist alles. Hast du in den letzten Tagen den Verfolger gesehen oder einen neuen Anruf erhalten?«

»Nein«, gab ich zu.

»Siehst du! Die Kentrup sollte geschützt werden. Mit ihrer Verhaftung hat sich die Sache erledigt.« Stürzenbecher lehnte sich zurück. »Dass sie die Diebstähle gestanden hat, ist der einzige Lichtblick bei der ganzen Veranstaltung. Die Obduktionen werden ausschließlich mit dem Verdacht begründet, sie könnte die Frauen ermordet haben. Thalheim bleibt außen vor. Das ist die offizielle Version, auf die ich mich mit dem Staatsanwalt geeinigt habe. Punkt. Aus.«

Ich zückte meine letzte Karte: »Jessica Wiedemann hat Thalheim erpresst.«

»Wer sagt das?«

»Eine sichere Quelle. Den Namen kann ich nicht nennen, noch nicht.«

Stürzenbecher verdrehte die Augen. »Du machst mich wahnsinnig, Wilsberg! Was kann deine sichere Quelle bezeugen? Und ich rede hier nicht von Ahnungen, sondern von einer vereidigten Aussage vor Gericht.«

»Dass Jessica in nächster Zeit eine Menge Geld erwartete.«

»Ist das alles?«

»Ja.«

Der Hauptkommissar stand auf. »Ich mache dir einen Vorschlag, Wilsberg: Fahr ein paar Tage ans Meer oder ins Sauerland! Nimm ein Buch mit, erhol dich, denk an die schönen Dinge des Lebens. Aber tu mir einen Gefallen!«

»Welchen?«
»Ruf mich nicht an und komm auch nicht vorbei, ja?«

»Was hat Stürzenbecher gesagt?«, fragte Franka.
»Dass ich ins Sauerland fahren soll.«
»Ist es so schlimm?«
»Noch schlimmer.« Ich erzählte ihr, was bei den Obduktionen herausgekommen war.
»Und was machen wir jetzt?«, erkundigte sich meine Assistentin.
Ich ließ mich in meinen Sessel fallen. »Wir sind noch nicht am Ende. Es gibt noch eine Zeugin. Sie muss einfach reden, koste es, was es wolle.«
Ich griff nach dem Telefonbuch. Die Sprechstundenzeit war längst vorbei. Aber Yvonne Krämer, Jessicas Kollegin bei Doktor Thalheim, nahm nicht ab.

XVII

Nachdem ich es am Abend noch ein paarmal vergeblich probiert hatte, schickte ich am nächsten Morgen Franka vor. Sie rief in der Praxis von Doktor Thalheim an, gab sich als Freundin von Yvonne Krämer aus und bat darum, dass man Yvonne ans Telefon holen möge.

Yvonnes Kollegin war peinlich berührt, wie ich am Lautsprecher mithörte: »Sie wissen es noch gar nicht?«

»Was?«, fragte Franka.

»Yvonne hatte einen Unfall. Sie ist von einem Auto angefahren worden.«

»Nein!« Franka brauchte ihr Entsetzen nicht zu spielen. »Ist sie …«

»Sie ist noch glimpflich davongekommen«, beruhigte die Arzthelferin. »Ein Bein- und mehrere Rippenbrüche. Es hätte schlimmer ausgehen können.«

»Welches Krankenhaus?«, flüsterte ich.

»Kann ich sie besuchen?«, fragte Franka.

»Es geht ihr den Umständen entsprechend«, sagte die Arzthelferin. »Sie liegt in der Raphaelsklinik und wird sich bestimmt über jeden Besuch freuen.«

Die Raphaelsklinik stand mitten in der Innenstadt, ein alter, abschreckender Kasten, der einen jeden Moment daran erinnerte, dass Krankheit und Tod nicht zu den angenehmen Begleiterscheinungen des Erdendaseins gehörten.

Ich nahm nicht an, dass Yvonne sich über meinen Besuch freuen würde, aber darauf konnte ich keine Rücksicht nehmen. Mein Klopfen an der Tür, deren Nummer mir eine Schwester am Empfang verraten hatte, hallte in dem penetrant nach Desinfektionsmittel stinkenden Flur.

In den Betten des großen Zimmers lagen drei junge Frauen, von denen mich zwei freundlich anschauten. Die dritte, Yvonne Krämer, sah mich weniger freundlich an.

»Hallo, Yvonne!«, sagte ich laut, schnappte mir einen Stuhl und setzte mich an ihr Bett.

Sie drehte ihren Kopf zum Kissen. »Gehen Sie!«, flüsterte sie. »Ich will nicht mit Ihnen reden.«

»Wer hat Sie angefahren?«, fragte ich, nun ebenfalls leise.

Sie schüttelte kaum merklich den Kopf.

»Ich will Ihnen helfen«, versicherte ich. »Der Albtraum ist erst zu Ende, wenn der Typ gefasst wird.«

Sie reagierte nicht.

Es war nicht gerade die feine englische Art, ihr Angst zu machen. Allerdings fiel mir keine schonendere und zugleich wirksame Methode ein. »Verstehen Sie, was ich Ihnen sagen will? Sie sind immer noch in Gefahr. Er könnte es noch einmal probieren.«

Ihre Augen schienen zu erkunden, ob ich die Wahrheit sagte.

»Ich habe nichts gesehen«, sagte sie matt. »Das Auto hat mich von hinten angefahren. Ich bin durch die Luft geflogen.«

»Konnten Sie den Wagentyp erkennen?«

»Es war ein Audi, glaube ich, ein silberner Audi.«

Jetzt wusste ich wenigstens, womit sich mein Verfolger in den letzten Tagen beschäftigt hatte.

»Es tut mir Leid«, sagte ich. »Ein Teil der Schuld liegt bei mir. Er hat vermutlich beobachtet, dass ich Sie besucht habe.«

Ihre Augen wurden größer. »Aber ich habe Ihnen doch nichts gesagt.«

»Sie hätten es sich anders überlegen können. Sie oder eine Ihrer Kolleginnen. Die sind jetzt ebenfalls gewarnt.«

Ihr Kopf sank ins Kissen zurück. »Es ist so schrecklich.«

Es war so leise im Zimmer, dass man beinahe das Tröpfeln der Infusionsflaschen gehört hätte. Mir wurde bewusst, dass vier unbefugte Ohren versuchten, jedes Wort mitzubekommen.

Auf dem Tisch von Yvonnes Bettnachbarin entdeckte ich ein kleines Radio. Ich ging hinüber und schaltete es ein. »Sie haben doch nichts dagegen? Ist in Ihrem eigenen Interesse. Besser, Sie wissen nicht zu viel«, sagte ich mit einer Stimme, die zu einem zweitklassigen Horrorfilm gepasst hätte.

Die Frau nickte eingeschüchtert. Wenn ich so weitermachte, konnte ich mich beim nächsten Send für die Geisterbahn bewerben.

Ich kehrte zu Yvonne zurück. »Ich sage Ihnen jetzt, was ich weiß. Das ist schon eine ganze Menge. Von Ihnen brauche ich nur den kleinen Rest.«

Yvonne schaute zum Fenster. Immerhin lehnte sie meinen Vorschlag nicht ab.

»Jessica Wiedemann wurde misstrauisch, als einige alte Frauen, alle Patientinnen bei Doktor Thalheim, plötzlich starben. Die Frauen litten zwar an Osteoporose, waren jedoch ansonsten, ihrem Alter entsprechend, relativ gesund. Jessica vermutete, dass etwas mit den Behandlungsmethoden oder den Medikamenten, die Doktor Thalheim verabreichte, nicht stimmte. Sie nahm an, dass Thalheim den wahren Grund für den Tod der Frauen vertuschen wollte, und begann, in der Praxis nach Beweisen zu suchen. Und sie hat diese Beweise gefunden. Ich glaube, dass es sich um Computerdateien handelt, aber das spielt keine große Rolle. Tatsache ist, dass sie etwas gegen Thalheim in der Hand hatte.«

Ich machte eine Pause. Yvonne Krämer zeigte keine Regung.

»Das war natürlich gefährlich für Thalheim«, fuhr ich fort. »Und gefährlich für Jessica. Wäre Jessica mit ihrem

Wissen zur Polizei gegangen, würde sie heute wohl noch leben. Aber sie hatte gar nicht die Absicht, Thalheim das Handwerk zu legen, nein, sie hat versucht, ihn zu erpressen. Und das ging schief. Jessica wurde ermordet. Die Polizei geht davon aus, dass ihr Ehemann der Mörder ist. Ich tippe eher auf Thalheim oder den Typen, der Sie angefahren hat. Denn warum sollte der Ehemann die Festplatte aus Jessicas Computer stehlen?«

Yvonne schaute mich an.

Ich lächelte. »Seien Sie vernünftig, Yvonne! Wollen Sie, dass Ihnen das Gleiche passiert wie Jessica? Sagen Sie mir, was Jessica gefunden hat!«

Sie sprach so leise, dass ich das Wort kaum verstand: »BioMedic.«

»Was ist das?«

»Eine Pharma-Firma in Hiltrup, Ableger von einem US-Konzern. Thalheim hat den Frauen ein Präparat gespritzt, das von der Firma entwickelt worden ist.«

»Und was ist drin?«

Sie zischte: »Glauben Sie, Thalheim hat uns das erzählt? Die Sache war top secret. Alle Untersuchungsergebnisse wurden ausschließlich auf seinem Computer gespeichert. Wir haben nur indirekt davon erfahren. Weil uns die Frauen gefragt haben, wann sie die nächste Spritze bekommen. Und weil eine Frau von BioMedic regelmäßig Thalheim sprechen wollte. Nach einer Weile haben wir eins und eins zusammengezählt. Das Seltsame an der Geschichte ist, dass BioMedic offiziell gar kein Osteoporose-Mittel vertreibt.«

»BioMedic?«, fragte Franka.

»Ja.«

»Anja arbeitet bei BioMedic.«

»Wer ist Anja?«

»Die Frau aus dem Krankenhaus.«

»Welchem Krankenhaus?« Ich hatte in letzter Zeit zu viele Krankenhäuser von innen gesehen.

»Mein Gott, Georg! Bist du schon in die präsenile Phase eingetreten oder was? Uni-Klinik, die Frau, die neben mir gelegen hat, der Blinddarm.«

»Ach so, die.«

»Endlich«, seufzte Franka. »Anja hat mir einiges über die Firma erzählt. Muss ein merkwürdiger Laden sein, gesichert wie eine Zentralbank. Auch die Angestellten würden ständig überwacht und kontrolliert.«

»Klar, die haben ja auch was zu verbergen.«

»Sie fühlt sich dort unwohl, hat sie gesagt. Sie hat bereits gekündigt und ist auf der Suche nach einer neuen Stelle. Mit ihrer Qualifikation als Biochemikerin hat sie gute Aussichten.«

Ich strahlte: »Das ist unsere Chance.«

Der Typ, der die Tür öffnete, war einen Kopf größer als ich. Ich schätzte ihn auf Ende zwanzig und rund hundert Kilo, die etwas mehr Muskelbildung hätten vertragen können.

»Hallo!«, sagte Franka. »Kennst du mich noch?«

»'türlich«, grinste der Typ. »Die Pferdedetektivin.«

»Das ist Holger, Anjas Freund«, stellte Franka vor. »Georg Wilsberg, mein Chef.«

»Kommt doch rein!«, sagte Holger.

Anja trug einen weißen Trainingsanzug und lag auf der Couch. Die Frauen begrüßten sich herzlich.

»Wie geht's?«, fragte ich.

»Wenn ich laufe, zwickt's noch ein bisschen. Aber im Liegen lässt sich das Leben ertragen.«

Wir setzten uns.

»Das ist doch kein Höflichkeitsbesuch, oder?«, fragte Anja.

»Nein«, sagte ich. »Erinnern Sie sich noch an die Geschichte, die Sie unbeabsichtigt mitbekommen haben? Die alten Frauen, die unter dubiosen Umständen gestorben sind.«

Anja nickte.

»Wie es aussieht, hat der Tod der Frauen etwas mit der Firma zu tun, bei der Sie arbeiten.«

»Was?« Ihr Gesicht wurde noch einen Ton bleicher. Ich war froh, dass sie nicht umfallen konnte, weil sie bereits lag.

»Doktor Thalheim, ein Arzt in Sankt Mauritz, hat den Frauen ein Mittel gespritzt, das von BioMedic stammt. Darauf deuten jedenfalls viele Indizien hin.«

Ich ließ meine Worte wirken.

Anja dachte lange nach. »Möglich«, sagte sie schließlich.

»Wollen Sie uns helfen? Mit Ihrer Unterstützung könnten wir Thalheim und BioMedic überführen.«

»Hören Sie!«, mischte sich Holger ein. »Ich finde das nicht richtig, dass Sie Anja da mit reinziehen. Sie hat gerade eine Operation hinter sich und ist längst nicht fit. Außerdem arbeitet sie noch bei BioMedic, sie ist lediglich krankgeschrieben. Wenn Sie vermuten, dass BioMedic in krumme Sachen verwickelt ist, gehen Sie doch zur Polizei!«

»Das ist ja das Problem«, sagte ich. »Wir haben keine Beweise. Jessica Wiedemann, eine Arzthelferin von Thalheim, hatte welche und ist deswegen ermordet worden. Die Obduktionen der alten Frauen haben keine Ergebnisse gebracht. Alles, was wir vorweisen können, ist die Aussage einer anderen Arzthelferin, die auf Hörensagen beruht. Wenn ich nichts Schriftliches vorlegen kann, lässt mich die Polizei abblitzen.«

»Und was ist Ihr Interesse bei der Geschichte?«, forschte Holger.

»Ich habe einen Klienten, Rainer Wiedemann, den Ehemann von Jessica. Die Polizei hält ihn für den Mörder. Ich will beweisen, dass er unschuldig ist. Und das kann ich nur, indem ich Thalheim und BioMedic ein Tatmotiv nachweise.«

»Und Anja könnte das nächste Opfer sein, wenn sie Ihnen hilft«, trumpfte Holger auf.

»Lass doch!«, sagte Anja. »Es ist schon in Ordnung.«

Holger verzog das Gesicht. »Mausi, ist dir klar, worauf du dich einlässt?«

»Ich bin doch nicht blöd. Den Verdacht, dass bei BioMedic etwas faul ist, habe ich schon seit längerem. Der offizielle Zweck der Firma besteht darin, ein in den USA entwickeltes Präparat gegen Rheuma auf den europäischen Markt zu puschen. Aber das rechtfertigt weder die Sicherheitsvorkehrungen noch die Geheimniskrämerei, die betrieben wird. Es gibt eine Abteilung, die für normale Angestellte nicht zugänglich ist. Und regelmäßig tauchen Experten aus der US-Zentrale auf, die sich mit unseren Chefs hinter verschlossenen Türen beraten. Aus Neugierde habe ich im Internet recherchiert. Von zu Hause aus, denn in der Firma wäre es aufgefallen. Tatsache ist, dass die BioMedic-Zentrale in den USA Grundlagenforschung in der Gentherapie betreibt. Unter anderem sucht man auch nach einer Möglichkeit, Osteoporose zu verhindern oder zumindest zu stoppen.«

»Und? Hat man eine gefunden?«, fragte ich.

»Ja. Aber es gab Schwierigkeiten. Bei Osteoporose sind Tierversuche praktisch unmöglich. Man war auf Freiwillige angewiesen, die sich für die Versuche zur Verfügung stellten. Doch dann kam es zu einigen Todesfällen und man hat die Tests abgebrochen.«

»Also haben sie die Tests in Deutschland fortgeführt«, kombinierte ich. »Seltsam, dass sie nicht nach Afrika gegangen sind. Mit ein paar Millionen Dollar Schmiergeld hätten sie in einer Militärdiktatur nichts zu befürchten.«

Anja schnaubte entrüstet. »Vermutlich hätten sie das

auch getan. Nur bekommen Schwarze keine Osteoporose. Die unterschiedliche genetische Disposition von Schwarzen und Weißen ist ja ein Ansatzpunkt der Therapie. Und generell ist die Lebenserwartung in der Dritten Welt zu niedrig, um Langzeittests durchführen zu können.«

»Und woraus besteht die Therapie?«, fragte Franka.

»Die Einzelheiten kenne ich natürlich nicht, sie sind ein streng gehütetes Geheimnis. Es geht darum, den Hypophysenvorderlappen im Gehirn so zu stimulieren, dass er eine ausreichende Produktion von Calcitonin veranlasst. Calcitonin hat einen hemmenden Einfluss auf den Knochenabbau. Etwa dreißig bis vierzig Prozent aller Frauen in den Industrieländern erkranken irgendwann nach der Menopause an Osteoporose, also der Verminderung der Knochenmasse, weil mit ded Rückgang der Östrogene, der weiblichen Hormone, auch weniger Calcitonin ausgeschüttet wird. Deshalb besteht die herkömmliche Therapie zur Verlangsamung und Vorbeugung von Osteoporose ja auch darin, Östrogen-Calcitonin-Präparate zu verabreichen, allerdings haben die erhebliche Nebenwirkungen.«

»Aha«, sagte ich, weil ich nur die Hälfte verstand.

»Sie können sich vorstellen, welch riesiger Markt sich da auftut. Mit einem Mittel, das die Osteoporose vermindert oder sogar zum Stillstand bringt, könnte man viele Milliarden verdienen, zumal wenn es verträglicher ist als die Östrogen-Behandlung.«

»Und worin besteht die Gefahr?«, fragte ich.

»Zunächst einmal muss man herausfinden, wie viele gesunde Zellen notwendig sind, um die Hypophyse dazu zu bringen, ausreichend Calcitonin zu produzieren. Das kann individuell verschieden sein und vom Grad der Osteoporose abhängen. Also braucht man genügend Testpersonen, denen man unterschiedliche Dosen verabreicht und deren Knochendichte man ständig misst. Ich glaube aber, dass die größere Gefahr vom Vektor ausgeht.«

»Vom was?«, erkundigte sich Franka.

»Vom Boten, der die funktionierenden Gene an die richtige Stelle bringt, damit sie die defekten ersetzen. Gewöhnlich benutzt man dazu Adenoviren, harmlose Erkältungsviren. Die Adenoviren werden quasi entkernt und mit den Genen gefüllt, die sie transportieren sollen. Allerdings ist die Methode noch nicht perfekt, es kommt immer wieder zu Verunreinigungen.«

Langsam kam ich wieder mit. »Und was ist die Folge?«

»Eine Grippe. Schlimmstenfalls verbunden mit hohem Fieber und weiteren Komplikationen, wie zum Beispiel einer Lungenentzündung.«

»Eine der Frauen aus Sankt Mauritz ist an einer Lungenentzündung gestorben. Eine Nachbarin hat mir erzählt, dass die Frau am Tag vor ihrem Tod über eine Erkältung geklagt habe.«

»Ja, das passt zu einem Adenoviren-Unfall«, überlegte Anja. »Wenn zu viele Viren aktiv sind, überschwemmen sie den Körper und legen das Immunsystem viel schneller lahm als bei einer normalen Infektion. Der Krankheitszustand kann sich von einer Stunde zur anderen rapide verschlechtern.«

Anja legte ihren Kopf auf das Kissen. Sie sah müde aus.

»Mausi, du solltest dich ausruhen«, sagte Holger besorgt.

»Ausruhen kann ich mich später«, gab Anja zur Antwort. »Vorläufig würde mir eine Tasse Kaffee genügen. Was hältst du davon, für uns alle eine große Kanne Kaffee zu kochen?«

»Eine gute Idee«, stimmte ich zu.

Holger taperte in die Küche.

Während er abgelenkt war, stellte ich die entscheidende Frage: »Gibt es eine Chance, an die Aufzeichnungen von

BioMedic zu kommen? Ich meine Daten, die belegen, dass Doktor Thalheim den Frauen das Präparat gespritzt hat?«

»Theoretisch schon.«

»Und praktisch?«

Anja schüttelte den Kopf. »So gut wie unmöglich. Wie gesagt, die Abteilung, in der ich die Daten vermute, ist stets verschlossen. Da komme ich während der Arbeitszeit nicht rein. Über den Computer auch nicht, das habe ich schon probiert. Deren Computer sind nicht mit den anderen vernetzt. Und selbst wenn man hineinkäme, müsste man noch das Passwort knacken.«

»Ich rede nicht von Ihnen«, sagte ich. »Mal angenommen, ich würde heute Nacht dort einsteigen.«

Anja lachte. »Dann würden Sie nicht weit kommen. Ich könnte Ihnen zwar den Zahlencode für das äußere Tor verraten, aber rund um das Gebäude gibt es Bewegungsmelder. Die beiden Nachtwächter würden Sie sofort entdecken. Die spezielle Abteilung ist zusätzlich durch eine Alarmanlage gesichert.« Anja lächelte. »Allerdings weiß ich, wo sie sich befindet und wie man sie ausschalten kann.«

»Mit den Bewegungsmeldern würde ich fertig«, sagte ich langsam.

»Aber ohne meine Hilfe würden Sie die Alarmanlage nicht finden.«

»Ich könnte es versuchen.«

»Nein, ich müsste mitkommen. Die Nachtwächter machen regelmäßige Rundgänge. Es wäre möglich, an ihnen vorbeizukommen. Aber wie wollen Sie die Tür aufbrechen, ohne dass es auffällt?«

»Kein Problem«, sagte ich.

»Okay, dann bliebe noch das Passwort. Dazu bräuchten wir einen Experten wie ...«

Holger stand im Raum, in seinen Händen hielt er ein

Tablett, auf dem sich eine Kaffeekanne und vier Tassen befanden. »Was ist los?«

Anja sagte: »Wir planen gerade einen Einbruch bei BioMedic.«

»Seid ihr wahnsinnig geworden?« Die Kaffeetassen klapperten gefährlich.

»Stell das Tablett ab, Schatz!«, sagte Anja sanft. »Sieh mal, wir brauchen einen Computerexperten. Und du bist der Einzige, dem ich vertraue.«

»Ich soll mitkommen?«, fragte Holger.

Wir schauten ihn an.

XVIII

Holger stimmte schließlich zu. Es war ein hartes Stück Arbeit gewesen, vor allem von Anja, aber letztlich hatte ihre Drohung gewirkt, dass sie mich notfalls auch allein begleiten würde.

Wir vereinbarten, am späten Abend des folgenden Tages bei BioMedic einzusteigen. Bis dahin gab es noch einiges zu erledigen. Holger brauchte Bargeld, damit er sich das nötige Equipment, wie er sich ausdrückte, besorgen konnte.

Ich selbst kaufte auch einiges und schlug mir die Nacht vor dem Firmengelände von BioMedic um die Ohren. Zum einen, weil ich die Nachtwächter beobachten und den Rhythmus ihrer Wachgänge notieren wollte, zum anderen, weil ich Vorkehrungen treffen musste, damit wir an den Bewegungsmeldern vorbeikamen.

Jetzt fuhren wir auf der Hammer Straße Richtung Hiltrup. Ich gähnte. Nach der durchwachten Nacht hatte ich am Morgen nur ein paar Stunden geschlafen. Allerdings vertraute ich darauf, dass mich mein Adrenalin schon wach halten würde.

Ich linste zu Franka, die neben mir auf dem Beifahrersitz saß. Äußerlich wirkte sie ruhig. Ihr fiel die vergleichsweise einfachste Aufgabe zu. Sie sollte vor dem Gelände Schmiere stehen und uns warnen, falls die Nachtwächter ihren Zeitplan änderten oder etwas Unvorhergesehenes geschah. Zu diesem Zweck hatte ich mir ein neues Handy gekauft, dessen Nummer nur Franka kannte. Denn man konnte ja nie wissen, ob nicht einer meiner alten Freunde oder gar meine Ex von dem plötzlichen Bedürfnis überfallen wurde, zu nächtlicher Stunde mit mir zu plaudern. Das Handy besaß einen Vibrationsmechanismus, sodass uns kein lautes Klingeln verraten würde. Zusammen mit Holgers geliehenem Equipment und den Dingen, die ich sonst noch erstanden hatte, nicht ganz billig. Der Posten *besondere Ausgaben* auf meiner Abschlussrechnung schwoll bedenklich an. Ich konnte nur hoffen, dass ich den Fall zu einem positiven Abschluss brachte. Denn dann würde Rainer Wiedemann nicht über ein paar tausend Mark mehr oder weniger diskutieren.

Ich schaute in den Rückspiegel. Anja und Holger saßen mit ernsten Gesichtern nebeneinander. Bei Anja war die Euphorie des vorherigen Tages verflogen. Sich vorzustellen, wie man in ein gesichertes Gebäude einbricht, war etwas ganz anderes, als es tatsächlich zu tun.

Trotz meiner Erfahrung auf diesem Gebiet beschlich auch mich ein mulmiges Gefühl. Dabei machte ich mir weniger Sorgen um mich selbst. Mein Ruf war ohnehin ruiniert, in der gesellschaftlichen Achtung konnte ich nicht viel tiefer sinken. Erwischte man uns, würde ich die Konsequenzen tragen und notfalls ein paar Monate im Gefängnis absitzen. Aber Anja und Holger hatten mehr zu verlieren. Sie waren weder vorbestraft noch hatten sie einen Beruf, in dem das keine Rolle spielte. Zudem fragte ich mich, wie Anja die Strapazen überstehen würde. Sie konnte zwar ohne Schmerzen gehen, aber auf keinen Fall rennen. Und damit fiel für uns aus, was jedem Einbrecher blieb, wenn alles schief ging: weglaufen.

Wir kamen durch Hiltrup. Ich bog von der Westfalenstraße, wie die Hammer Straße hier hieß, in die Hansestraße ab. Ein paar hundert Meter weiter, mitten im Gewerbegebiet, stand das Gebäude von BioMedic. Ein unscheinbarer Kasten, nicht aufregender als die Gebäude links und rechts daneben. Nur einem Fachmann wäre aufgefallen, dass die Sicherheitsvorkehrungen ein bisschen aufwendiger und teurer waren als bei der mittelständischen Nachbarschaft.

Etwa hundert Meter vor BioMedic ließ ich den Wagen ausrollen.

»Also«, ich räusperte meine belegte Stimme frei, »noch haben wir die Chance, die Sache abzublasen.« Ich drehte mich um. »Ich wäre niemandem böse, wenn er kalte Füße bekommt. Das Risiko, geschnappt zu werden, lässt sich nicht ausschließen.«

Holger schaute Anja fragend an.

»Nein.« Anja presste die Lippen aufeinander. »Die gehen über Leichen. Wenn wir sie nicht stoppen, machen sie weiter. Vielleicht nicht in Münster, aber an einem anderen Ort.«

»Okay«, sagte ich. »Dann los!«

Wir trugen schwarze Kleidung und hatten unsere Gesichter schwarz angemalt. So waren wir fast unsichtbar, und für den Fall, dass uns einer der Wachmänner doch zu Gesicht bekam, würde er keine genaue Personenbeschreibung geben können.

Ich ging zum BioMedic-Gelände, während Franka, Anja und Holger zunächst im Auto blieben. Mithilfe einer Angel setzte ich ein ferngesteuertes Spielzeugauto über den elektrisch gesicherten Zaun. Dann ließ ich das Auto so lange vor dem Gebäude auf und ab fahren, bis die Bewegungsmelder reagierten. Das ferne Tuten der Alarmanlage im Büro der Nachtwächter war bis zu meinem Standort zu hören. Schnell dirigierte ich das Spielzeugauto in die dunkelste Ecke des Geländes.

Kurz darauf erschienen die beiden Nachtwächter auf dem Hof, die Hände an den Pistolenhalftern, bereit, jeden Eindringling zu vertreiben.

»Schon wieder dieser Scheiß«, sagte der eine.

»Schalten wir das blöde Ding doch gleich aus«, sagte der andere.

Darauf hatte ich gehofft. In der letzten Nacht hatte ich das Spiel dreimal mit ihnen getrieben, bis sie die Bewegungsmelder ausgeschaltet hatten. Jetzt waren sie endgültig davon überzeugt, dass die Geräte nicht richtig funktionierten.

Nach einigen gelangweilten Blicken verzogen sich die Nachtwächter wieder in ihr gut geheiztes Büro.

Zum Test holte ich das Spielzeugauto fünf Minuten später aus der Ecke und ließ es erneut ein paar Runden drehen. Kein Bewegungsmelder reagierte.

Ich winkte den anderen und wir gingen gemeinsam zum Tor. Anja gab den Zahlencode ein, dann schlüpfte sie mit Holger durch die Öffnung.

»Sei vorsichtig!«, sagte ich zu Franka. »Wenn es brenzlig wird, verschwinde lieber!«

»Und was ist mit euch?«

»Wir kommen schon zurecht.«

Ich gab ihr einen Klaps auf die Schulter, bevor ich den anderen folgte.

Wir nahmen den Umweg am Zaun entlang bis zur Rückseite des Gebäudes. Hier gab es einen Hintereingang, zu dem Anjas Schlüssel passte. Vorläufig gingen wir jedoch nicht hinein, sondern vertrieben uns die Zeit mit Warten. In der kalten Aprilnacht keine angenehme Beschäftigung.

Endlich, nach einer Viertelstunde, machte sich einer der Nachtwächter zu seinem Rundgang auf. An den nacheinander aufflackernden Flurlichtern konnten wir seine Route verfolgen.

Als das letzte Flurlicht verloschen war, betraten wir das Gebäude. Meinen Beobachtungen zufolge hatten wir jetzt eine knappe Stunde Zeit.

Da im ganzen Haus Kameras installiert waren, durften wir natürlich kein Licht einschalten. Aber im fahlen Mondlicht, das durch die großen Fenster hereinfiel, und mit den Rotlicht-Taschenlampen, deren Schein auf den Schwarz-Weiß-Monitoren der Nachtwächter kaum zu erkennen war, kamen wir ganz gut voran.

Die Büros der Geheimabteilung lagen in der zweiten Etage. Anja führte uns daran vorbei, schloss eine Tür auf und dann eine weitere, bis wir in einem Versorgungsraum standen. An der Wand suchte sie nach einer fugenlos eingefügten Abdeckung, die sie mit einem Magneten öffnete.

»Hat mir mal ein Wachmann gezeigt«, flüsterte sie, während sie einen Schalter umlegte. »Er wollte mir imponieren.«

Unten, im Büro der Nachtwächter, ging jetzt vermutlich ein Lämpchen an, oder eines, das bislang geleuchtet hatte, brannte jetzt nicht mehr. Doch ich vertraute darauf, dass die Nachtwächter das taten, was Nachtwächter am liebsten tun, nämlich auf den Fernseher starren und sich über die Talkshows amüsieren, die ihre Frauen schon am Nachmittag gesehen hatten.

Nun kam der Teil der Veranstaltung, der mir am meisten Kopfzerbrechen bereitete. Die Eingangstür zur Geheimabteilung bestand aus Metall, mit einem in der Mitte eingelassenen Panzerglasfenster. Das Sicherheitsschloss zu knacken war nahezu unmöglich. Also blieb nur rohe Gewalt. Ich setzte ein Stemmeisen an, das ich mit einem Rohr verlängerte, und brach die Tür auf.

»Sehr geschickt«, kommentierte Holger. »Das sieht ja jeder.«

Genau das war das Problem. Die Tür ließ sich nicht mehr richtig schließen, und wenn der Nachtwächter bei seinem nächsten Rundgang genau hinschaute, würde er die Einbruchsspuren bemerken. Ich holte ein Päckchen mit metallfarbener Knetmasse aus der Tasche und verdeckte notdürftig die gröbsten Macken. Die Farbe, die ich zusammen mit Anja ausgesucht hatte, passte nicht hundertprozentig und auch sonst war das Ergebnis keinesfalls perfekt.

»Genial«, seufzte Holger. »Glauben Sie wirklich, der Nachtwächter merkt das nicht?«

»Nachtwächter sind schlecht bezahlte Menschen, die ihre Arbeit hassen«, sagte ich. »Und außerdem könnten Sie sich beeilen, sodass wir wieder draußen sind, bevor er seinen nächsten Rundgang macht.«

»Das liegt doch nicht an mir«, protestierte Holger.

»Hört auf zu diskutieren«, fuhr Anja dazwischen. »Lasst uns anfangen!«

Auf der Innenseite, über der Tür, gab es zwar ebenfalls eine Kamera, doch da die Nachtwächter die Abteilung normalerweise nicht betraten, genügte es, eine schwarze Pappe vor das Objektiv zu kleben.

Holger stürzte sich auf den nächstbesten Computer. Das Betriebssystem fuhr hoch, er gab ein paar Befehle ein und war bald darauf in Gebiete vorgedrungen, die ich bei meinem Computer noch nie gesehen hatte. Wort- und Zahlenkolonnen huschten über den Bildschirm, Holger vergrößerte und verkleinerte und wechselte von einem Verzeichnis ins nächste.

»Interessant«, murmelte er.

Ich schaute Anja an, die mit einem Schulterzucken zu verstehen gab, dass sie auch keine Ahnung hatte.

»Hier könnte es sein«, redete Holger mit sich selbst. Der Cursor tänzelte über den Bildschirm.

»Ah!«, stieß er aus. »Das ist ja easy. Nur fünf Buchstaben.«

»Was heißt das?«

Holger holte ein Gerät aus dem kleinen Rucksack, den er auf dem Rücken getragen hatte, und schloss es an den Computer an. »Das Gerät testet systematisch alle Buchstabenkombinationen, mit einer Geschwindigkeit von etwa hunderttausend pro Minute.«

»Das klingt gut.«

»Ja. Fünf Buchstaben auf Basis des amerikanischen Alphabets, das ergibt rund sechs Komma fünf Millionen Möglichkeiten. Oder anders ausgedrückt: Nach maximal fünfundsechzig Minuten kennen wir das Passwort.«

Ich schaute auf die Uhr. Bis zum nächsten Auftritt des Nachtwächters blieben uns noch fünfunddreißig Minuten.

»Es macht keinen Sinn, die Suche einzuschränken, zum Beispiel auf fünfbuchstabige Kombinationen, die im Englischen oder Deutschen einen Sinn ergeben«, erklärte Holger. »Das Passwort kann genauso gut aus fünf As oder Zetts bestehen. Seien Sie froh, dass es nicht sieben Buchstaben sind. Denn dann bräuchten wir maximal hundertzwanzig Stunden. Außerdem können wir Glück haben und das Gerät findet schon nach einer Minute das richtige Wort.«

Hatten wir aber nicht. Die Minuten verrannen. Auf dem Display des Suchgerätes waren nur die ersten Buchstaben zu erkennen, der Rest flimmerte in mattem Rot. Auf A folgten B, C und D.

Bei K vibrierte mein Handy.

»Ja?«

»Er ist unterwegs«, sagte Franka.

»Der Nachtwächter kommt«, teilte ich den anderen mit.

»Wenn wir abbrechen, müssen wir von vorne anfangen«, sagte Holger.

»Das wird nicht nötig sein«, meinte ich. »Können wir den Monitor ausschalten?«

»Sicher.« Holger drückte den Knopf.

Ich stülpte meine Mütze über das Suchgerät. Jetzt war von draußen nichts mehr zu sehen.

Anja und Holger versteckten sich hinter Schreibtischen, ich postierte mich neben der Tür. In der rechten Hand hielt ich das Stemmeisen, nur für den Fall der Fälle.

Das Flurlicht flackerte auf, die schweren Schritte des Nachtwächters waren zu hören. Ich dachte daran, dass ich selbst mal als Nachtwächter gearbeitet hatte, vor vielen Jahren, als ich so weit unten gewesen war, dass ich bei der Firma *Security Check* meiner ehemaligen Sekretärin Sigi jobben musste. Wäre mir damals eine demolierte Tür aufgefallen? Wohl kaum. Ein großes, leeres Gebäude wirkt auf jeden Menschen unheimlich. Man guckt am liebsten geradeaus, erledigt so schnell wie möglich seine Pflichten und verkriecht sich wieder in der gemütlichen Höhle, zusammen mit dem einzigen anderen Primaten, den es weit und breit gibt.

Der Nachtwächter summte eine Melodie. Jetzt musste er die Kontrolluhr erreicht haben, die sich an der Flurwand befand. Er würde seinen Schlüssel hineinstecken, kurz drehen, ihn wieder herausziehen und verschwinden.

Die Melodie verstummte.

Ich hielt den Atem an.

Die Melodie setzte wieder ein, das Flurlicht ging aus.

Ich atmete aus. »Wir können weitermachen.«

Das Suchgerät blieb bei *Osteo* stehen.

»Darauf hätten wir auch gleich kommen können«, sagte ich.

»Schlaumeier«, knurrte Holger.

Er gab das Wort ein, auf dem Bildschirm erschienen etliche Icons.

»Lass mich ran!«, befahl Anja.

Sie klickte mehrere Icons an, bis sie das richtige Verzeichnis gefunden hatte. »Das ist es. Die Namen der Frauen, Versuchsanordnungen, Messergebnisse.«

»Kopier den ganzen Mist auf eine Diskette«, schlug Holger vor. »Lesen können wir zu Hause.«

Da stimmte ich ihm uneingeschränkt zu.

Wir waren auf der ersten Etage angekommen, als ein Höllenlärm losbrach. Die Sirene der Alarmanlage heulte ohrenbetäubend, von unten hörten wir die aufgeregten Rufe der Nachtwächter.

»Scheiße!«, fluchte Holger. »Lasst uns abhauen!«

»Nein.« Ich hielt ihn fest. »Dann laufen wir den Nachtwächtern in die Arme.«

»Wollen Sie warten, bis die Polizei da ist?«

»Wir müssen vom Flur weg.« Ich wandte mich an Anja: »Gibt es hier einen Raum, den Sie aufschließen können?«

»Sicher. Da vorne ist mein Büro.«

Wir hasteten zu Anjas Büro.

Kaum hatten wir den Flur verlassen, ging auch schon überall das Licht an. Gleichzeitig vibrierte das Handy in meiner Tasche.

»Was ist los?«, fragte ich Franka.

»Keine Ahnung«, antwortete Franka. »Hier draußen ist alles ruhig.«

Vielleicht konnten die Nachtwächter die Alarmanlage der Geheimabteilung von ihrem Büro aus einschalten oder das Ding hatte automatisch auf die Störung reagiert.

»Setz dich ins Auto!«, sagte ich zu Franka. »Sobald du eine Polizeisirene hörst, fährst du weg!«

»Schön«, jammerte Holger. »Und was machen wir?«

Ich zog einen Zettel aus der Tasche, auf dem ich die Telefonnummer des Nachtwächterbüros notiert hatte.

»Schmidt, Polizeistation Hiltrup«, sagte ich ins Handy. »Was ist da bei Ihnen los?«

»Ich wollte Sie auch gerade anrufen«, brüllte der Nachtwächter. »Die Alarmanlage hat angeschlagen, aber auf den Monitoren ist nichts zu sehen. Kann sein, dass es sich um einen Fehlalarm handelt. Das Ding spielt in letzter Zeit verrückt.«

»Wir sind schon unterwegs«, sagte ich. »Wo ist Ihr Kollege?«

»Der ist auf dem Weg nach oben, um nachzuschauen, was los ist.«

»Holen Sie ihn sofort zurück und bleiben Sie in Ihrem Büro! Bitte keine Heldentaten! Und schalten Sie endlich den verdammten Lärm aus!«

Ich hörte noch, wie er »Horst, komm sofort zurück!« ins Funkgerät schrie, dann beendete ich die Verbindung.

Ich grinste Anja und Holger an: »Wir können gehen.«

Franka entkorkte die Flasche Sekt, die wir an der Tankstelle gekauft hatten.

»Hier steht alles drin.« Anja drückte mir einen Stapel Ausdrucke in die Hand. »Die verschiedenen Versuchsreihen inklusive der densitometrischen Daten.«

»Densi- was?«

»Die Knochendichtemessungen, die an den Frauen vorgenommen wurden. Die Therapie hat tatsächlich gewirkt, die Knochendichte blieb über einen längeren Zeitraum relativ konstant. Wenn nicht das Problem mit den Adenoviren gewesen wäre ... Ach ja, die Namen der Frauen haben sie abgekürzt, aber anhand der Todesdaten müssten sie unschwer zu identifizieren sein. Hier zum Beispiel, Helga D.«

»Helga Dickmöller«, sagte ich, »die Tante von Jessica Wiedemann.«

Anja reichte mir die Diskette. »Die nehmen Sie auch besser mit.«

Ich nickte. »Falls jemand von BioMedic oder der Polizei anruft: Sie waren die ganze Nacht zu Hause, Holger kann das bezeugen. Und kein Wort an niemanden, nicht an die beste Freundin und auch nicht an die beste Kollegin von BioMedic.«

»Ich bin ja nicht lebensmüde«, entgegnete Anja. »Ich werde BioMedic nicht mehr betreten, ich habe sowieso noch ein paar Wochen Urlaub und Überstunden, die ich abfeiern kann. Meine Papiere lasse ich mir zuschicken.«

Franka verteilte die Sektgläser.

»Auf unseren Erfolg«, toastete ich. »Ohne eure Hilfe hätte ich es nicht geschafft.«

Anja grinste: »Es war mir ein Vergnügen.«

»Vergnügen?«, stöhnte Holger. »In der letzten Nacht bin ich um mindestens fünf Jahre gealtert.«

Ich nahm einen kleinen Schluck Sekt. »Ach ja, eine Frage habe ich noch: Gibt es jemanden bei BioMedic, der einen silbernen Audi fährt?«

Anja dachte nach. »Zwei sogar. Werner Lattmann, der Abteilungsleiter Vertrieb, und John Parker, der Sicherheitschef.«

»Ein Amerikaner?«

Anja nickte. »Er ist schon seit einigen Jahren in Münster. Und nicht gerade der Typ, mit dem ich abends ein Bier trinken würde.«

XIX

Vermutlich hatte Thalheim schon von dem Einbruch bei BioMedic gehört. Jedenfalls war er diesmal bereit, seine Kassenpatienten warten zu lassen und mich außer der Reihe zu empfangen.

Ich schloss die Tür des Sprechzimmers, setzte mich auf den Besucherstuhl und ließ ihn schmoren. Er wirkte angespannt und nervös, aber nicht niedergeschlagen. Noch glaubte er wohl, er könne seinen Kopf aus der Schlinge ziehen.

Schließlich verlor er die Geduld: »Sind Sie hergekommen, um mich anzuschweigen, Herr Wilsberg?«

»Wie lebt es sich damit, ein paar Menschenleben auf dem Gewissen zu haben?«

Thalheim betrachtete seinen silbernen Kugelschreiber, als würde er ihn zum ersten Mal sehen. »Ich weiß nicht, wovon Sie reden.«

»Ich rede von Helga Dickmöller und den drei anderen alten Frauen, die Ihre Patientinnen waren.«

»Und?«

»Sie haben ihren Tod verursacht.«

Thalheim lachte verächtlich. »Die Frauen sind an ganz normalen Krankheiten gestorben, so viel kann ich Ihnen trotz ärztlicher Schweigepflicht sagen.«

»An plötzlichem hohem Fieber, an einer Grippe mit schwersten Nebenerscheinungen, wie zum Beispiel einer Lungenentzündung?«

Ich konnte ihm ansehen, dass er sich fragte, wie viel ich wusste.

»Möglich. Aber das fällt wieder unter die Schweigepflicht.«

»Verursacht durch ein Präparat gegen Osteoporose, das

Sie den Frauen gespritzt haben und das nicht in den Krankenakten verzeichnet ist.«

»Wer sagt das?«

»Ihre Helferinnen können bezeugen, dass Sie den Frauen Spritzen gegeben haben.«

»Können meine Helferinnen auch bezeugen, *was* in den Spritzen war?«

»Nein, aber das wird auch nicht nötig sein. Sie haben sich zum Handlanger gentherapeutischer Versuche der Firma BioMedic gemacht. Und dafür kräftig kassiert, nehme ich an.«

Thalheim winkte ab. »Von dem, was Sie da sagen, haben Sie nicht die geringste Ahnung. Gentherapeutische Versuche unterliegen strengster Kontrolle. Wieso sollte ein kleiner, niedergelassener Arzt wie ich damit etwas zu tun haben?«

»Gerade deshalb waren Sie ja für BioMedic interessant. Sie konnten die Versuche unauffällig durchführen. Und anschließend, da Sie als Hausarzt die Totenscheine ausgestellt haben, die wahre Todesursache vertuschen.«

»Jetzt werden Sie unverschämt, Herr Wilsberg«, fuhr Thalheim auf. »Wenn Sie Beweise haben, legen Sie sie auf den Tisch. Sie klopfen lediglich auf den Busch, in der Hoffnung, ich würde vor Angst erstarren und Ihnen ein freiwilliges Geständnis liefern. Aber da irren Sie sich gewaltig. Ich bin unschuldig. Waren Sie das nicht, der dafür gesorgt hat, dass die Leichen der vier Frauen exhumiert wurden? Und was ist dabei herausgekommen? Hätten die Gerichtsmediziner Hinweise auf ein Verbrechen gefunden, wäre die Polizei längst bei mir aufgetaucht. Ich will Ihnen sagen, was die Obduktionen ergeben haben: nichts, rein gar nichts. Und nun verschwinden Sie, Herr Wilsberg! Und lassen Sie sich hier nicht mehr blicken!«

In den Praxisräumen wurde es laut. Man hörte die aufgeregten Stimmen der Arzthelferinnen und eine befehlsgewohnte Männerstimme. Ich lächelte den Arzt an. »Die Polizei ist da, Herr Thalheim.«

Es war ein Genuss zu sehen, wie die Panik in seinen Augen aufflackerte.

Dann flog auch schon die Tür auf und Hauptkommissar Stürzenbecher stapfte herein.

»Hier ist ein Durchsuchungsbefehl, Herr Doktor Thalheim.« Stürzenbecher knallte einen Wisch auf den Schreibtisch. »Ihnen wird Beihilfe zur fahrlässigen Tötung in mehreren Fällen vorgeworfen.«

Thalheim nahm den Durchsuchungsbefehl mit zittrigen Fingern. »Das ... das ist nicht wahr.«

»Und ob das wahr ist.« Stürzenbecher zog die BioMedic-Daten, die ich ihm gegeben hatte, aus der Tasche seines Trenchcoats. »Wir haben eine vollständige Dokumentation der Versuchsreihen, die Sie durchgeführt haben.«

»Wie ... Woher stammt diese Dokumentation?«, fragte Thalheim.

»Ich stelle die Fragen, Sie antworten. So geht das Spiel«, blaffte der Hauptkommissar.

»Darf ich mal einen Blick darauf werfen?«

»Warum nicht.«

Der Arzt überflog die ersten Seiten. »Hier stehen nur Namenskürzel. Wie wollen Sie beweisen, dass es sich um meine Patientinnen handelt?«

Stürzenbecher grinste wölfisch. »Damit kommen Sie nicht durch, Herr Doktor. In allen vier Fällen stimmt das Todesdatum überein. Aber damit nicht genug. Ich habe die Rechtsmediziner gebeten, an den exhumierten Leichen Knochendichtemessungen vorzunehmen. Die Ergebnisse entsprechen exakt den hier dokumentierten. Damit ist ein Zufall ausgeschlossen.«

Thalheim blätterte weiter. »Und wo steht eigentlich mein Name?«

Stürzenbecher warf mir einen kurzen Seitenblick zu. Das war tatsächlich der größte Schwachpunkt unserer Aktion. Thalheims Name tauchte in den BioMedic-Unterlagen an keiner Stelle auf. Wir konnten nur hoffen, dass die Durchsuchung der Praxis den endgültigen Beweis für Thalheims Machenschaften bringen würde.

»Sie waren der behandelnde Arzt«, sagte Stürzenbecher. »Wollen Sie leugnen, dass Sie den Frauen das hier als XJ15 bezeichnete Präparat gespritzt haben?«

»Ich kenne kein XJ15«, antwortete Thalheim. »Viele Menschen gehen zu irgendwelchen Quacksalbern oder Scharlatanen, weil sie sich davon etwas versprechen. Ich habe ihnen diese Spritzen jedenfalls nicht gegeben.«

»Na schön«, sagte Stürzenbecher lässig. »Es würde Ihnen ein paar Pluspunkte vor Gericht einbringen, wenn Sie mit uns kooperieren. Aber es geht auch so.«

Inzwischen waren eine Frau und ein Mann aus Stürzenbechers Abteilung ins Sprechzimmer gekommen. Der Hauptkommissar deutete auf Thalheims Computer: »Nehmt den da mit! Und lasst die Festplatte von Experten untersuchen! Vielleicht hat er versucht, die Dateien zu löschen.«

Ich sah, wie der Anflug eines Lächelns über Thalheims Gesicht huschte. Offenbar fühlte er sich sehr sicher.

Die Polizisten begannen, die Kabel zu entfernen.

»Tut mir Leid«, sagte der Arzt mit kaum unterdrückter Ironie, »aber Sie werden nichts finden. Vor zwei Wochen hat mein alter Computer seinen Geist aufgegeben. Wegen der vertraulichen Daten habe ich die Vernichtung der Festplatte persönlich überwacht. Und auf dem neuen Computer sind die Daten der bereits verstorbenen Patienten nicht gespeichert. Allerdings sind die Datensätze noch auf den anderen Praxiscomputern vorhanden.«

»Die gereinigten Datensätze, meinen Sie wohl«, bemerkte ich.

»Immer diese Unterstellungen, Herr Wilsberg.« Der spöttische Unterton war nicht zu überhören.

Doch dann machte er einen entscheidenden Fehler. Seine Augen wanderten zu einem Bild an der Wand. Eines dieser lebensfrohen Blumenbilder, die in jeder Arztpraxis hingen. Ich brauchte einen Moment, bis ich begriff. Bilder waren die beliebteste Dekoration von Safes. Sollte Thalheim so dumm gewesen sein, ein Schriftstück aufzubewahren, dass seine Verbindung mit BioMedic belegte? Vielleicht stand ja noch eine Zahlung der Pharma-Firma aus. Falls er so geldgierig war, wie ich glaubte, war er das Risiko womöglich eingegangen.

Ich ging zu dem Bild und hängte es ab. Dahinter befand sich tatsächlich ein Safe.

»Schließt der Durchsuchungsbefehl auch Safes ein?«, fragte ich rhetorisch.

»Natürlich«, machte Stürzenbecher das Spiel mit. »Hohlräume sind ausdrücklich aufgeführt.«

»Im Safe befinden sich nur ein paar persönliche Dinge«, sagte Thalheim. Sein Gesicht verriet das Gegenteil.

»Würden Sie trotzdem die Güte haben, ihn zu öffnen!«, beharrte Stürzenbecher.

»Sie verschwenden Ihre Zeit«, widersprach der Arzt.

Der Hauptkommissar lächelte. »Ist es Ihnen lieber, wenn ich jemanden mit einem Schweißbrenner kommen lasse?«

Thalheim stand auf und ging mit langsamen Schritten zum Safe. »Okay, Sie haben gewonnen. Da drin liegt ein Vertrag, den ich mit BioMedic geschlossen habe. Aber ich versichere Ihnen, dass ich nicht wusste, wie gefährlich das Präparat ist. Nach dem Tod von Helga Dickmöller habe ich die Zusammenarbeit mit BioMedic sofort beendet.«

»Nach der vierten Toten«, stellte ich fest.

»Es war ja nicht klar, dass ein Zusammenhang mit der Osteoporose-Therapie bestand. Frauen in diesem Alter können ohne weiteres an einer starken Grippe sterben.«

»Obwohl es keine Grippe-Welle gab? Obwohl die Symptome erst auftraten, nachdem Sie ihnen die Spritzen gegeben hatten?«

»Alle vier Frauen hatten schon vorher mehrere Spritzen bekommen, ohne dass es zu irgendwelchen Komplikationen gekommen war. Wie gesagt, nach dem vierten Fall bin ich misstrauisch geworden. Ich habe dann sofort die Konsequenzen gezogen. Die Verantwortung liegt allein bei BioMedic. Hätte man mich über die Risiken aufgeklärt, wäre ich niemals bereit gewesen, bei der Sache mitzumachen.«

»Dann haben wir das ja auch geklärt«, sagte Stürzenbecher mit vorgetäuschter Gutmütigkeit.

Thalheim öffnete den Safe. Stürzenbecher griff hinein und holte einen gebundenen Stapel Papiere heraus. Nachdem er kurz die erste Seite gemustert hatte, reichte er ihn an mich weiter.

»Allenfalls kann man mir eine Vernachlässigung der ärztlichen Pflichten vorwerfen«, verteidigte sich Thalheim. »Fahrlässige Tötung ist einfach absurd. Ich habe schließlich einen ärztlichen Eid abgelegt. Ich war davon überzeugt, das Leiden meiner Patientinnen lindern zu können. Und immerhin sind sie nicht umsonst gestorben. Sie ...«

»Umsonst sicher nicht«, unterbrach ich ihn. »Sie haben dafür eine stattliche Summe kassiert.« Ich hielt ihm die letzte Seite des Vertrags unter die Nase. »Haben Sie nicht gelesen, was Sie da unterschrieben haben?«

Thalheim schaute zum Boden.

Ich zitierte: »BioMedic weist darauf hin, dass es bei ähnlichen Therapien in den USA in mehreren Fällen zu Komplikationen mit Todesfolge gekommen ist.«

»Fahrlässige Tötung«, sagte Stürzenbecher. »Nicht nur Beihilfe.«

»Sie haben mir versichert, dass sie die Probleme beseitigt hätten«, sagte Thalheim kleinlaut. »Verstehen Sie denn nicht, hier geht es um eine Volkskrankheit, von der Millionen von Menschen betroffen sind! Wenn es gelingt, ein Heilmittel zu finden, bedeutet das einen ungeheuren Fortschritt. Diese Frauen sind im Dienst der Wissenschaft gestorben. Ihr Tod war nicht sinnlos.«

»Ich verstehe, dass diese Frauen aufgrund eines nicht zugelassenen und damit ungesetzlichen medizinischen Versuchs gestorben sind«, sagte Stürzenbecher. »Mehr brauche ich für meinen Job nicht zu wissen. Dafür würde ich gerne noch etwas anderes begreifen, nämlich den Grund für den Mord an Jessica Wiedemann.«

»Aber ...«, stammelte Thalheim.

»Jessica hat Sie erpresst«, nahm ich den Ball auf. »Sie ist hinter Ihre Experimente gekommen und hat versucht, daraus Kapital zu schlagen.«

»Wollen Sie mir etwa unterstellen ...«

»Ja, genau das wollen wir«, übernahm Stürzenbecher. »Sie haben Jessica Wiedemann getötet, weil sie eine Mitwisserin und Erpresserin war.«

»Nein.« Thalheim zitterte jetzt am ganzen Körper. »Ich habe Jessica nicht getötet.«

»Wer war es dann?«, fragte Stürzenbecher.

»Das weiß ich nicht.«

»Sie lügen schon wieder, Herr Doktor. So, wie Sie uns die ganze Zeit belogen haben.«

Thalheim lehnte sich an seinen Schreibtisch. »Ich könnte mir vorstellen, dass es jemand von BioMedic war.«

»Wieso?«

»Ich habe denen erzählt, dass Jessica mich erpresst.«

»Mit wem haben Sie gesprochen?«

»Mit dem Leiter des Sicherheitsdienstes, einem Amerikaner namens John Parker.«

Stürzenbecher knetete sein massiges Kinn. »Wollen Sie einem Mordprozess entgehen, Herr Doktor?«

Thalheim schöpfte Hoffnung. »Was soll ich tun?«

»Bestellen Sie Parker her! Bringen Sie ihn dazu, den Mord an Jessica zuzugeben.«

»Aber ...«

»Kein Aber. Das ist die letzte Chance, die ich Ihnen gewähre. Sonst verhafte ich Sie wegen des dringenden Verdachtes, den Mord an Jessica Wiedemann begangen zu haben.«

Die Polizeiwagen vor dem Eingang der Arztpraxis waren verschwunden. Alle Patienten waren nach Hause geschickt worden. An ihrer Stelle saßen jetzt einige Kripoleute im Wartezimmer.

Stürzenbecher und ich standen hinter den heruntergelassenen Jalousien und beobachteten, wie ein silberner Audi vor dem Haus hielt. Der Mann, der ausstieg, trug eine braune Wildlederjacke und einen blonden Stoppelhaarschnitt auf dem riesigen Schädel. Mit energischen Schritten kam er auf den Eingang zu.

»Es geht los«, sagte Stürzenbecher zu seinen Kollegen im Wartezimmer.

Die Kripoleute schnappten sich Illustrierten vom aufgehäuften Stapel und begannen zu blättern.

Zusammen mit dem Hauptkommissar zog ich mich in einen anderen Raum zurück. Thalheims Sprechzimmer war mit mehreren Mikrofonen ausgestattet worden. Über Kopfhörer konnten wir verfolgen, was in dem Raum gesprochen wurde.

Bald darauf hörten wir, wie die Tür geöffnet wurde und Thalheim seinen Besucher begrüßte: »Schön, dass Sie sofort kommen konnten.«

»Das ist mein Job, Doktor.« Parker sprach mit einem breiten amerikanischen Akzent. »Wo ist das Problem?«

»Der Einbruch bei BioMedic macht mir Sorgen. Ich hoffe nicht, dass Material entwendet wurde, in dem mein Name auftaucht.«

»Das hat nichts zu bedeuten«, wiegelte Parker ab. »Die sind nicht an die wirklich wichtigen Informationen gelangt.«

»Wen meinen Sie mit ›die‹?«, fragte Thalheim.

»Ich vermute, dieser *private eye* Georg Wilsberg steckt dahinter.«

»Die Sache gefällt mir nicht.« Thalheims Besorgnis klang echt. »Zuerst die Exhumierung meiner Patientinnen, jetzt der Einbruch bei BioMedic. Jemand ist uns dicht auf der Spur.«

»Sie müssen cool bleiben, Doktor. Dann passiert Ihnen nichts.«

Die versteckte Drohung war auch Thalheim nicht entgangen: »Sie meinen, dann passiert mir nicht das Gleiche wie Jessica Wiedemann.«

Parker lachte grob. »Sie haben mich angerufen, Doktor, schon vergessen? Sie haben gesagt, ich soll Ihnen die Frau vom Hals schaffen.«

»Ich habe nichts von Mord gesagt.«

»Vom Hals schaffen bedeutet für mich nur eins.«

Die Handbewegung, mit der er wahrscheinlich seine Worte unterstrich, konnte ich mir vorstellen.

»Außerdem – wer hat ihr das Beruhigungsmittel gegeben? Das waren doch Sie«, redete Parker weiter.

»Weil Sie es verlangt haben«, verteidigte sich Thalheim.

»Doktor, Doktor«, drohte Parker. »Erzählen Sie mir nicht, dass Sie nicht wussten, was passieren würde. Aber es gibt keinen Grund, nervös zu werden. Die Polizei in Münster ist nicht besonders clever. Die hat ihren Ehemann verhaftet.«

»Haben Sie persönlich …«, fragte Thalheim.

»O ja, so etwas erledige ich persönlich. Ich weiß, wie man Spuren vermeidet. Eigentlich schade, dass ich sie töten musste. Sie war wirklich schön.«

»Sie sind ekelhaft, Parker.«

Der Amerikaner lachte. »Ich bin Ihr Schutzengel, Doktor.«

»Zugriff«, befahl Stürzenbecher ins Mikro und nahm die Kopfhörer ab.

Wir gingen in den Flur und sahen zu, wie die Kripoleute mit gezogenen Pistolen ins Sprechzimmer stürmten.

Als der Amerikaner in Handschellen abgeführt wurde, klatschte mir Stürzenbecher auf die Schulter. »Da hast du ja noch mal Schwein gehabt, Wilsberg.«

»Ich?«, fragte ich erstaunt.

»Na klar. Stell dir vor, wir hätten keine Geständnisse von Thalheim und Parker gekriegt. Dann wäre der Einbruch bei BioMedic für dich böse ausgegangen.«

»Wer sagt denn, dass ich bei BioMedic eingebrochen bin? Man hat mir das Material anonym zugespielt.«

Stürzenbecher grinste. »Erzähl das deinem Gemüsehändler!«

XX

Ich aß gebratene Entenbrust mit Zuckerschoten und Glasnudeln und bemühte mich, nicht daran zu denken, wie mir das letzte Essen aus dem *Asia Fast Food* bekommen war. Kim Oanh stand mit bedrücktem Gesicht auf der anderen Seite der Theke. Ich war der einzige Gast.

»Wie läuft das Geschäft?«, fragte ich, um das Schweigen zu brechen.

»Nicht besonders.« Kim Oanh schnitt eine Grimasse. »Es hat sich schnell herumgesprochen, dass die Polizei meinen Laden geschlossen hat. Einige kommen zwar wieder, aber viele andere bleiben weg. Zurzeit mache ich jeden Tag Verlust. Ich bin schon auf der Suche nach einem neuen Standort, irgendwo in der Innenstadt.«

»Eine gute Idee«, stimmte ich zu. »Wollen Sie ihn wieder *Asia Fast Food* nennen?«

»Warum nicht?«

»Vietnamesisch im Namen fände ich besser.«

Kim Oanh lächelte zum ersten Mal. »Die vietnamesische Küche ist nicht einzigartig. Es gibt chinesische und thailändische Einflüsse. Viele Vietnamesen in Deutschland betreiben chinesische Restaurants. Außerdem würden die Leute in einem vietnamesischen Restaurant dauernd nach geschmuggelten Zigaretten fragen.«

Ich lachte. »Möglich. Lassen Sie es mich wissen, wenn Sie etwas in der Innenstadt gefunden haben. Dann komme ich bestimmt regelmäßig.«

»Heißt das, Sie wollen auch nicht mehr kommen?«

»Na ja.« Ich legte einen Geldschein auf die Theke. »Der Fall in Sankt Mauritz ist abgeschlossen. Und von meiner Wohnung im Kreuzviertel ist es ein bisschen weit bis hierher.«

Kim Oanh zog eine Schnute.

Ich winkte ihr zu. »Bis bald!«

Draußen holte ich tief Luft. Das Alltagsleben konnte ernüchternd sein, wenn man ein paar Tage auf der Überholspur gelebt hatte. Ich schaute zum grau verhangenen Himmel. Es sah nach Regen aus. Oder nach Schnee.

Franka saß im Büro und addierte ihre Arbeitsstunden. »Schon gelesen?« Sie schob mir die Lokalzeitung hin.

Die Überschrift des Artikels lautete: *Mord an junger Frau aufgeklärt.*

Ich überflog den Text. Stürzenbecher hatte eine Pressekonferenz gegeben, sich allerdings ziemlich bedeckt gehalten. BioMedic wurde nur am Rande erwähnt. Im Zusammenhang mit der Verhaftung des mutmaßlichen Mörders von Jessica W., eines Amerikaners namens John Parker, sei eine Pharma-Firma in Hiltrup durchsucht worden, bei der Parker als Sicherheitschef gearbeitet habe. Dabei seien Hinweise aufgetaucht, die den Tod von vier alten Frauen in Sankt Mauritz beträfen. Aufgrund der laufenden Ermittlungen könne die Polizei aber noch keine Einzelheiten mitteilen. Thalheims Name tauchte überhaupt nicht auf. Am Ende des Artikels berichtete der Verfasser, dass er versucht habe, eine Stellungnahme der Hiltruper Firma zu bekommen. Dort habe man ihm mitgeteilt, dass die leitenden Manager der Firma zur Konzernzentrale in die USA gereist seien. Ob und wann die Herren zurückkämen, sei derzeit unklar.

»Irgendwelche Anrufe?«, fragte ich.

»Ja. Rechtsanwalt Kachelpöhler. Er wünscht Erläuterungen zu der Rechnung, die du gestellt hast.«

»Soll er bekommen.«

»Und Rainer Wiedemann. Er möchte sich bei dir persönlich bedanken.«

Ich seufzte. »Na schön. Und sonst?«

»Wer soll denn noch anrufen?«

»Frauen, die sich mit mir verabreden wollen, zum Beispiel.«

Franka lachte. »Es rufen doch nie Frauen für dich an, mal abgesehen von deiner Ex.«

Ich ließ mich in meinen Ledersessel fallen. »Das ist ja das Niederschmetternde. Irgendwas scheint mit meiner erotischen Ausstrahlungskraft nicht mehr zu stimmen.«

»Du könntest daran arbeiten«, sagte Franka amüsiert. »Es gibt immer mehr Chatrooms, in denen einsame Singles flirten.«

»Igitt. Ich hasse diese elektronische Anmache. Wie steht's eigentlich zwischen dir und Ludger Schulte-Notarp?«

Franka beugte sich tiefer über ihre Abrechnung. »Das ist vorbei.«

»Wieso?«

»Er hat mir einen Heiratsantrag gemacht.«

Ich lachte: »Das ist doch schön.«

»Weißt du, wie er sich das vorstellt?« Franka knallte den Kugelschreiber auf den Schreibtisch. »Er meinte, ich könne ja das Jurastudium abbrechen und mich um die familiären Dinge kümmern. Verstehst du? Herr Schulte-Notarp geht seinen Geschäften nach und Frau Schulte-Notarp wartet darauf, dass sie schwanger wird. Nein, so habe ich mir mein Leben nicht vorgestellt.«

Draußen hatte es begonnen zu schneien. Große, wässrige Schneeflocken.

Ich schüttelte den Kopf. »Schnee im Mai.«

»Das ist die Klimaerwärmung«, erklärte Franka.

»Was soll daran warm sein?«

»Du darfst das nicht so punktuell sehen. Hier mag es vielleicht schneien, aber dafür können die Eskimos am Nordpol in Bikini und Badehose sonnenbaden.«

»Verrückt.« Ich schnappte mir das Telefon.

Steffi Kleinschmidt nahm selbst ab.

Ich sagte: »Wenn Sie Lust haben, mich noch einmal zu treffen, bauen Sie einfach ein Ja in Ihren nächsten Satz ein.«

Wilsberg-Krimis von Jürgen Kehrer

Und die Toten läßt man ruhen
Der erste Wilsberg-Krimi – Vom ZDF verfilmt
ISBN 3-89425-006-2
»Dramaturgisch perfekt bis aufs I-Tüpfelchen« (Leo's Magazin)

In alter Freundschaft
Der zweite Wilsberg-Krimi – Vom ZDF verfilmt
ISBN 3-89425-020-8
Eine minderjährige Ausreißer-Punkie und ein bestohlener Disco-Chef

Gottesgemüse
Der dritte Wilsberg-Krimi ISBN 3-89425-026-7
Wilsberg erlebt den Psychoterror einer fanatischen Sekte.

Kein Fall für Wilsberg
Der vierte Wilsberg-Krimi ISBN 3-89425-039-9
Dubiose Waffengeschäfte und ein Firmenchef mit Doppelleben

Wilsberg und die Wiedertäufer
Der fünfte Wilsberg-Krimi ISBN 3-89425-047-X
»Kommando Jan van Leiden« fordert vom Bischof eine halbe Million.

Schuß und Gegenschuß
Der sechste Wilsberg-Krimi ISBN 3-89425-051-8
Wilsberg im Reality-TV. Nach Drehbeginn kommt es zu schweren Unfällen.

Bären und Bullen
Der siebte Wilsberg-Krimi ISBN 3-89425-065-8
Wilsberg soll Entführung aufklären – was verschweigt Willi?

Das Kappenstein-Projekt
Der achte Wilsberg-Krimi – Vom ZDF verfilmt
ISBN 3-89425-073-9
Wilsberg als Leibwächter der grünen Stadtkämmerin

Das Schapdetten-Virus
Der neunte Wilsberg-Krimi ISBN 3-89425-205-7
Wilsberg bewacht 100 Affen für medizinische Experimente.

Irgendwo da draußen
Der zehnte Wilsberg-Krimi ISBN 3-89425-208-1
Trieben Außerirdische die junge Corinna in den Tod?

Der Minister und das Mädchen
Der elfte Wilsberg-Krimi ISBN 3-89425-216-2
Ist der Sohn des Ministers in spe ein Vergewaltiger?

Wilsberg und die Schloss-Vandalen
Der zwölfte Wilsberg-Krimi ISBN 3-89425-237-5
Wer bedroht Schloss Isselburg? Wilsberg stößt auf die Leiche im Keller.

Wilsberg isst vietnamesisch
Der dreizehnte Wilsberg-Krimi ISBN 3-89425-262-6
Rätselhafte Mordserie in einem beschaulichen Stadtteil.

Krimis von Leenders/Bay/Leenders

Königsschießen
Der erste Krimi mit dem Klever K 1 ISBN 3-89425-029-1
»Das feucht-fröhliche Schützenfest in einem Dorf am Niederrhein endet jäh mit dem Mord am allseits beliebten Bäcker.« (Wiesbadener Kurier)

Belsazars Ende
Der zweite Krimi mit dem Klever K 1 ISBN 3-89425-037-2
Das tote Genie liebte schöne Lolitas, die Honoratioren lieben große Feste, und Astrid Steendijk liebt es spontan und intensiv.

Jenseits von Uedem
Der dritte Krimi mit dem Klever K 1 ISBN 3-89425-045-3
Ein toter Privatdetektiv, abgeschlachtete Zuchthengste und weitere rätselhafte Todesfälle führen Toppe bis weit hinter Uedem.

Feine Milde
Der vierte Krimi mit dem Klever K 1 ISBN 3-89425-057-7
Zwei tote Säuglinge in einem Kleinlaster und ein überfahrener Kripo-Mann.

Clara!
Der fünfte Krimi mit dem Klever K 1 ISBN 3-89425-071-2
Wasserleiche, religiöser Wahn und Toppes Wohngemeinschaft, - und alles dreht sich um Clara.

Eulenspiegel
Der sechste Krimi mit dem Klever K 1 ISBN 3-89425-210-3
Das K 1wird vernetzte Musterbehörde, und ein irrer Attentäter metzelt mit offensichtlich sexuellem Hintergrund.

Ackermann tanzt
Der siebte Krimi mit dem Klever K 1 ISBN 3-89425-225-1
Scheunenfeste, eine rätselhafte Ordnertruppe und Einbrüche, die der Polizei vorab gemeldet werden. Da muss Ackermann tanzen gehen ...

Die Schatten schlafen nur
Der achte Krimi mit dem Klever K 1 ISBN 3-89425-244-8
Nierswalde, die neue Heimat für Vertriebene, wird 50 Jahre später zum Alptraum für Aussiedler und Ermittler.

Krimis von Christoph Güsken

Bis dann, Schnüffler
ISBN 3-89425-063-1 Der erste Kittel&Voß-Krimi
»Güsken hat ein feines Gehör für Dialoge« (Gig)

Schaumschlägers Ende
ISBN 3-89425-074-7 Der zweite Kittel&Voß-Krimi
Lustige Therapiegespräche mit einer depressiven Selbstmörderin

Mörder haben keine Flügel
ISBN 3-89425-211-1Der dritte Kittel&Voß-Krimi
Ein Toter, zerquetscht von einem Musikinstrument, ein Schiff in Seenot ...

Spiel's nicht noch mal, Henk
ISBN 3-89425-215-4 Der vierte Kittel&Voß-Krimi
Kittel sieht seine große Liebe wieder, macht Bekanntschaft mit einem mineralischen Unterhosendesigner und wird erst durch ein tiefgekühltes Hähnchen auf den Boden der Tatsachen zurückgeholt.

Pommes rot-weiß
ISBN 3-89425-228-6 Der fünfte Kittel&Voß-Krimi
Was will der schwarze Mann von Unternehmensberater Guido Martens?

Niemals stirbt man so ganz
ISBN 3-89425-239-1 Der sechste Kittel&Voß-Krimi
Kittel gerät selbst unter Mordverdacht.

Screamhilds Rache
ISBN 3-89425-259-6 Der siebte Kittel&Voß-Krimi
Das Monster von Münster meuchelt A-cappella-Chormitglieder.

Angsthase, Pfeffernase
ISBN 3-89425-222-7
Den perfekten Mord, - es gibt ihn doch, erlebt Verlierertyp Benno Schumm.

Alptraum in Blau
ISBN 3-89425-235-9
Drei Männer, zwei Frauen auf engem Raum in der flirrenden Hitze der Ägäis

Der Untergang des Hauses K.
ISBN 3-89425-247-2
Psychothriller auf den Spuren von E. A. Poe

grafit

Internationale Kriminalromane

***Henk Apotheker:* Ayse ist weg**
Deutsche Erstausgabe ISBN 3-89425-511-0
Arnheim: Im ›Türkenviertel‹ verschwindet ein 4-jähriges Mädchen.

***Jean-Baptiste Baronian:* Im Sommer kam der Tod**
Deutsche Erstausgabe ISBN 3-89425-505-6
Brüssel: Ein dunkles Geheimnis erschüttert die sommerliche Vorstadt-Idylle.

***Sandrone Dazieri:* Ein Gorilla zu viel**
Deutsche Erstausgabe ISBN 3-89425-503-X
Mailand: Ein schizophrener Security-Mann ermittelt in der Punkerszene.

***Guillem Frontera:* Das Mallorca-Komplott**
Deutsche Erstausgabe ISBN 3-89425-507-2
Palma: Der Detektiv aus Barcelona wird zum Spielball eines Mafia-Bosses.

***Kirsten Holst:* Wege des Todes**
Deutsche Erstausgabe ISBN 3-89425-510-2
Jütland: Der Kampf um das Millionenerbe endet tödlich, aber stilvoll.

***Kirsten Holst:* Du sollst nicht töten!**
Deutsche Erstausgabe ISBN 3-89425-501-3
Jütland: Drei Mädchenmorde und ein toter Pastor

***Susan Kelly:* Und schlachtet das gemästete Kalb**
Deutsche Erstausgabe ISBN 3-89425-512-9
Tabubrüche, Altlasten und die tödlichen Geschäfte von Schlepperbanden

***Susan Kelly:* Tod im Steinkreis**
Deutsche Erstausgabe ISBN 3-89425-502-1
Hungerford: Ein grausamer Kindermord passiert beim Mittsommermarkt.

***Jaroslav Kutak:* Strafe muss sein**
Deutsche Erstausgabe ISBN 3-89425-508-0
Tschechien: Wurden die toten Gymnasiasten Opfer einer sexuellen Obsession?
Ausgezeichnet als bester tschechischer Kriminalroman 2000!

***Outi Pakkanen:* Macbeth ist tot**
Deutsche Erstausgabe ISBN 3-89425-509-9
Helsinki: Der Hauptdarsteller wird vor der Premiere erschlagen – wer tut so was?

***Felix Thijssen:* Cleopatra**
Deutsche Erstausgabe ISBN 3-89425-504-8
Amsterdam: Tote Frau unter dem Tennisplatz des niederländischen Exministers
Ausgezeichnet als bester niederländischer Kriminalroman 1999!

***Jac. Toes:* Auf der Strecke geblieben**
Deutsche Erstausgabe ISBN 3-89425-506-4
Arnheim/Zwolle: Eine vertuschte Politaffäre kommt ans Licht.

***Jacques Vettier:* In eigener Sache**
Deutsche Erstausgabe ISBN 3-89425-500-5
Nizza: Warum bedroht der Unbekannte die Untersuchungsrichterin?